打發時間圖書館

李慧娟◎著
王淑慧◎圖

名家推薦

許建崑（東海大學中文系教授）：

人生的終站在哪裡？作者假設有座打發時間圖書館，人們往生之前，會在那兒翻閱「打發時間之書」，回味生前總總。故事開端，主角與五個不相識的人各自奔向圖書館，目的不明，卻是目標一致，場景詭譎，宛如太空科幻故事。然而，故事一轉，卻揭開了每個人面對死亡的態度與悲慘歷程。主角與鬼差小歐穿梭於往生者之間，因相識而相互疼惜。閱讀本書，猶如倒吃甘蔗，人物形象漸漸明晰，遊戲性極高，又富人生哲理，值得反覆玩味。

黃秋芳（少兒文學名家）：

看起來尋常、熱血的一長串青春迷航，襯著今古交映的拼貼樂趣，表現出別出心裁的時空設定。在命運的偶然中，所有我們意想不到的好與壞，生與死，堅持和放手，停駐與漂流，遺忘與奮鬥……，以及這些、那些不同的人和事，即使手握著一本生死書，也都在性格的必然裡，通往不得不向前走去的未來，留下感動，或者是淡淡的遺憾，都值得反覆咀嚼。

目錄

冷氣團壓境的夜裡，差五分鐘就到午夜十二點。一道幾乎看不見的薄影隱沒在鐵道旁的矮房邊。

再四分三十秒就有一班火車經過。第六十六根軌道將會劃開六十六秒的縫隙。這是個千載難逢的機會。只要能穿過縫隙，就能順利到達目的地。

這天時地利皆合的情況下，看似乎出奇的平順。

不料，在倒數三分鐘時，一棟二層樓的窗台前，探出一個頭。

是一個小男孩！他精靈的眼睛，彷彿看到牆角邊有個蠢蠢欲動的身影。

「媽媽，那裡有個人耶。」

溫柔的媽媽摸著小男孩的頭，抬頭望了一眼：「傻孩子，這麼晚了怎麼會有人？」

「真的，媽媽妳看。跑到草叢裡了。」

薄薄的影子附在草邊隨著冷風而動。

「哦。」溫柔的眼神環顧四周。

同一時間，火車轟隆隆而來。

第六十六根軌道下漸漸裂出一道閃著金黃光芒的縫隙。開始倒數六十六秒。

「該死，怎麼還不進去。」

這個聲音小到像蚊子消失在空氣中。

「咦，那個人還在耶。」小男孩緊盯不放。

眼看時間一秒一秒流逝。

終於在最後三十五秒。

「好了，寶貝，進去了。再不睡覺媽媽要生氣了。」

牽著媽媽的手，小男孩帶著好奇的眼神屢屢回頭……

「糟了，來不及了。」

影子像劍光一般倏地鑽進軌道縫隙。

火車過後，縫隙慢慢收攏……

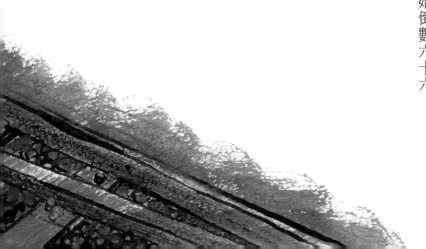

空間與時間慢慢閉合……

「我快被壓扁了……」

忽地，一股強勁的力道推了他一把，一個黑影與他錯身。

瞬間，他滑出了通道。

1 第十號月台的朋友

我一屁股落地。

「請出示票證……」

耳邊嗡嗡作響，眼冒金星。

「請出示票證……」

我想起在時間縫隙收攏的最後關頭，差點就窒息沒氣。好在有個力量撐開了縫隙，不然一切皆前功盡棄。

那我……現在在哪裡？

「請出示票證……提出警告，系統將在十秒後將不明物消滅……」

消滅！我腦袋全清醒。

「準備就緒……」

「等一下！」我高舉右手：「在這裡，在這裡。」

我用最快的速度出示票證。我可不想一秒後被除掉。

「通過驗證，請往留光廳第十號月台。」

留光廳第十號月台？

難道我進來了嗎？

定眼看著前方半透明的浮球，我鬆了口氣。我的車票已被它掃讀進去。算是驗證完成。

這應該是我要來的地方。只是我得再查查留光廳是什麼地方？

「我可以走了是嗎？」我再確認一下。

「等待確認，另一個身分？」

我楞了一下。

「確認另一個身分，十秒後消滅……」

又要消滅？難道它知道我是誰？

倒數時間已開始，我掙扎著要跑還是要招認。

「一！準備……」

「我是……」當要衝口說話時，有個聲音從我底下傳來。

「我……我……我啦……」聲音狀似痛苦。

我正納悶，突然覺得屁股在移動。嚇得我趕緊跳起來。

「我的車票在這裡啦。」

原來我坐壓著一個人。難怪我重摔下來時不怎麼痛。

那聲音是從地上爬起來的人所發出來，他圓胖胖的，口裡還咬著一口麵包。

「驗證通過。請前往留光廳第十號月台。」

他也往留光廳第十號月台！我趕緊湊上前看他的車票。那一行閃鑠不停的字樣正是「打發時間圖書館」。這麼巧，我們的目的地相同。

「你怎麼從上面掉下來啊？」他摸著頭，很疼的樣子。

「不好意思，我也不知道怎麼回事。」我裝傻。「有沒有怎麼樣？」

「沒關係，還好我肉多。」他咧嘴呵呵笑。

由他的笑容看得出他是個沒有心機的胖子。

「我叫大阿胖。你呢？」

「我叫錢金守。叫我大金吧。」我爽快的交他這個朋友。

知道他和我此行的目的相同，我馬上問：「你也要去留光廳十號月台，我們一起走吧。」

「好啊，可是我要先上廁所。我本來就要去的，可是剛好你……」他手指我後方。

原來我耽誤了他上廁所，我又連聲抱歉，趕快讓路。

「那我們一起去吧。」我打算在廁所裡查一下資料。

一進廁所，我趕緊拿出宇宙小百科。「留光廳？留光廳……」

「有了！」我翻找到。

同時，門外也傳來大阿胖的聲音：「大金，我已經好了，你好了嗎？」

「我還要一下子。」

「那我在外面等你。」

我趕緊快速的讀一遍。

「留光，喻意留住時光；又名流光，意指流逝的時光。通過留光廳三十六個月台，生命的抉擇與交錯，將在此展開……」

留光廳三十六個月台，各有各的去處，我大概看了一下。我不想耽誤太多的時間，去辦正事才要緊。我把小百科縮至綠豆般大小收好，正準備出去，剛好聽到門外有二個人正壓低聲說話。

會把聲音放低，裡頭一定有鬼。我豎起耳朵聽。

「這張票一定是剛才那個胖子忘記帶走的，你把票跟他的換過來，讓他去黑洞……」

這胖子，真是神經大條，連這麼重要的票都會放在廁所。本來我不管閒事，但看在他剛才當了我的肉墊，不幫忙實在說不過去。況且我們現在已是朋友了，我不能眼睜睜看著他被送到無邊的黑洞去。

好吧，來個隔空取物。

我用心凝神，口念咒語，手一伸……

咦？

我再一伸！咦？還是無法突破？

待要再試第三次時，我突然想到，時空不對，怎麼還能隔空取物？當真是昏頭了。

這一招沒法用上場，我趕快把褲子拉好出去。跟在他們後面，用另一招乾坤大挪移……

只是這裡的磁場很怪，乾坤大挪移也行不通。

「大金，你在做什麼？」大阿胖狐疑的看著我。

「沒什麼。我在幫你。」

「幫我？」他搔搔頭。

「唉啊，沒時間解釋。只能說你差點被送到黑洞去旅行。」

「黑洞？」

大阿胖抓著我問：「什麼是黑洞啊？」

我解釋太多也不行。「反正那是你去了就回不來的地方啦。你先等等，辦正事要緊。」

我盯著快走遠的兩個人，這裡特殊技法都用不上，看來我只好拿出看家本事——近身取物。

我快步向前，從左邊那個人肩膀一錯身。再輕鬆的繞了個圈回來。

「來，你的車票。」我把票交給大阿胖。

「我的車票？」

「是，你忘在廁所裡的。差點被人換走。」我沒好氣的說。

「真的啊。」大阿胖不好意思的抓抓頭，咧嘴向我說謝：「謝謝你啊，大金。要是票掉了，真不知道要怎麼辦？」

「票掉了，你就永遠說再見了！」

「為什麼永遠說再見？」

看他問得天真，像世界上永遠沒有壞人似的。只能說他運氣好，碰上我這愛多管閒事的人。

我走過去幫他拾起掉落的護身符：「大阿胖，拜託，螺絲鎖緊一點。不然進去可有苦頭吃了？」

他啊一聲，掉了一塊漢堡肉。「我們要去的地方很恐怖嗎？」

「當然，不是去郊遊旅行，是你要能通過考驗。」我認真的提醒他。

他歪頭想想，一副摸不著頭緒的樣子。

我也不能再說什麼。再說下去被趕出去的就會是我。

我可是費了好大工夫才進來的，絕不能有半點差池。

我拍拍大阿胖的肩頭，示意要他自求多福。

「走吧，趕快去留光廳。」

我們快步向前。

剛來時一陣混亂，沒時間仔細看看這裡。

現在邊走邊看，才見識到裡面到底有多大。頭頂看不到這棟建築物的最高處，四周全是彩色斑斕的玻璃牆面。你彷彿進到了異彩世界，有種令人神魂目眩的詭異感。

我和大阿胖依指示踏進留光廳。

一顆粉紫色的大腦像水母一樣飄在半空中。

那是有名的阿姆腦，宇宙的智慧之腦。

我盯著那顆大腦看，說實在，真的有點不舒服，那顆腦和人的腦沒兩樣，只是大了好幾百倍。

「大金，你在看什麼？」

「看阿姆腦。」

「什麼是阿姆腦？」

「嗯……」我忘了阿姆腦在他的眼裡是沒有什麼形體的。就如同廳裡所有的人一樣，不會覺得那一顆大

得離譜的腦有什麼怪異。「上面那個東西啦，沒什麼。」我隨口敷衍他。

這個留光廳，就像車站或機場大廳，形形色色的人都要來這一趟，至於要去何方，就全憑手中的票證。

「大金，你看。」大阿胖指著不遠處。那裡一陣騷動。

我遠遠望去，以為那是隻猴子！可仔細一瞧，不對，是個人。

只見他輕鬆的跳過四排椅子，跑過有兩個足球場寬的大廳，跳上快一層樓高的扶梯……為的就是把一本書送還給一個老人。

他叫莫桑。瘦瘦黑黑，小我一個頭。乍看他像是戴了張面具，可仔細一看，原來他臉面不對稱，嘴巴一邊往後裂至臉頰骨，左眼也凸出了一點。明顯的手術痕跡，讓他的臉看起來就像戴了張面具。

不過，他雖然看起來怪，但那矯捷身手卻令人印象深刻。

「我可以跟你要一杯水喝嗎？」

我在驚嘆中把手中的水遞給他。

他咕嚕咕嚕喝完水，用手一抹嘴邊擦拭，笑著一口白牙：「我叫莫桑，謝謝你的水。我可以跟你做個朋友嗎？」

當然，這個朋友我交上了，他也正是要前往十號月台。

我們一行三人，在擁擠的人潮中鑽進鑽出。

留光廳大到我們無法想像。

從一號到九號月台，就耗去大半天。一號月台在樹上，二號月台在水池中，三號月台在半空中，每個月台都讓人意想不到，而第十號月台呢？

我怎麼找都看不到指示。反倒是大阿胖和莫桑二人，一點也不緊張。

「大阿胖，你就只會吃，不要吃到忘了第十號月台在哪裡。」

「不會啦，就在前面。」大阿胖邊吃邊指著前方說。

我看著第九和第十一月台中間……沒門沒路！難不成他們兩人都能憑著本能找到月台？

我盯著前方直看。想看出一點端倪。

「笨蛋，在下面。」

一個身影從旁刷過，冷笑聲中說我笨。

我看他從第九與第十一月台中間直直走到底。忽地，縱身一跳！

這下看得我們目瞪口呆。

「不會到地獄去吧！」我心裡嘀咕。

而說我們笨的那個人，還回頭看了我們一下，他那臉面，和撲克牌沒兩樣，酷得很。

「大金，阿胖，時間快到了，要開了。」莫桑催促。

我只好跟著他們兩人們衝上前去。果然，十號月台就在地底下一個漩渦處。票上的箭頭也直閃著向下的標示。

只是要跳下去前，我還是掙扎了一下。因為這一跳，不知有多深……

「大金，你看！」

我的想法才剛落，腳下就踩到地。還來不及想太多，就聽到大阿胖的驚呼聲。

我們站在月台上。一架像鷹一樣展翅的飛梭就在星空下閃爍，剎那間的確讓人震撼。

這就是傳說中的隱形飛梭。

「它它它是變出來的……」大阿胖結結巴巴的說。

「廢話，直接出來就不叫隱形飛梭了。」

「什麼？隱形飛梭？」

大阿胖狐疑的看著我。我驚覺自己話太快。

「少有人知道飛梭的全名。」

宏亮的聲音是從後面傳來。

一個挺拔的身形，身著黑色的裝束，配上像鷹一樣銳利眼神，從飛梭上走下來，說話的正是這個人。

「我是小歐。你們的指導員，歡迎前往打發時間圖書館。」

他看著我。

我忽然有種感覺，我們接下來的命運將會與他息息相關。

2 圖書館特訓

「已抵達目的地，感謝搭乘。祝你們有個愉快的時光。」

柔和愉悦的聲音像首旋律動人的音樂，喚醒沉睡的我們。

我竟也睡了。

記憶中，一上飛梭，還興奮得坐不住。想來回看看傳說中的神奇交通工具，哪知一上來就被分別趕進獨立的房間。一進房，撲鼻而來的花香，令人全身放鬆，我記得才躺在床上，下一秒就不醒人事了。

那股香味一定有問題。

但一切也不需追究，眼前那片翠綠的草原，已把所有人的目光都吸引住。

「好美的地方。」莫桑又蹦又跳，連翻了好幾個跟斗。

「看，天空也好美。」大阿胖也驚呼。

天空，藍得不讓雲朵沾一下。看了都令人感到好心情。

「這有什麼好看，真是土包子。」

才剛有好心情，就被白目的人打斷。

說話的是我們這群人中唯一的女生。

綁著馬尾，翹著嘴，雙手抱胸，眼睛都不正眼瞧我們。看來又不知是哪家的大小姐。

「土包子有什麼關係，看了開心就好。」大阿胖又在吃東西，嘴咕嚕的講著。

我拍手附和：「人美心情就美，人不美，看什麼都像烏龜。」

「咦？為什麼像烏龜？」莫桑摸摸頭問。

我附在他耳邊說：「我隨便比喻的。」

莫桑聽後哈哈大笑。

這一笑也引來大家的笑聲。我看那個綁馬尾的女生臉臭得像快爆發的火山。

「你笑什麼？你不看看自己長的像妖怪。」

我一聽，馬上要她閉嘴：「憑什麼說人家是妖怪。」

莫桑要我別生氣：「我不在意啦，沒關係。」

莫桑不生氣，但我生平最看不慣拿別人外貌來作文章。「說烏龜的是我，有種就衝著我來。」

「你！是誰？」她氣得指著我大叫。

「錢金守。」我爽快的回答。這種女生最無聊了，看什麼都不順眼。

「你竟敢……」

「我又沒有說妳是烏龜。」我向她做個鬼臉。「自己沒事要對號入座。」

「你……」

看她快氣到冒煙。

這時有個臉色蒼白，身體瘦弱的男生要我別跟她計較。「她應該沒什麼朋友。」這點我認同，一般來說驕傲的女生幾乎都沒有什麼朋友。

「好吧，聽你的。」我聳聳肩。

「我叫周雄偉。」

雄偉？我打量著他。他一點也不雄偉，若忽來一陣風，我想他會隨風而去。

想起老爸常說的：「相遇，就是一種緣份。」我主動上前握手認識這個朋友。「叫我大金……」

話還沒說完，我們之前遇到的那個指導員小歐，像鬼一樣幽幽的出現在我們前方。

「大家該講的話都講了，現在請豎起你們的耳朵。仔細聽好。」他掃看我們一遍。「你們有可能在打發時間圖書館待上一天、兩天、三天，甚至更久。但不管多久，請依照我們的規定開始集訓，通過我們的特訓之後，你們將可以進入圖書館。進入圖書館後，你們將會看到『打發時間書』……」

「打發時間書？」疑問的聲音此起彼落響起。

「大金，你知道那是什麼書嗎？」大阿胖問。

「你以後就知道了，不用問我。」我回。因為我知道，只要通過訓練每個人遲早都會看到。

「打發時間書對你們很重要。要留要走，全看這本書。」

那個小歐說得很直接。當大家還在議論紛紛之際，不知從何處傳

來穿透人心的鐘聲。

小歐手一揚。

大家你看我我看你，那手勢代表什麼？沒人看懂。

但我知道後方已有轟隆聲如排山倒海之勢而來……

「天啊！」我一看，後方滾來十幾個東西，我本能的拔腿快跑：「快跑啊——」

一群人像逃難一樣，拔腿狂奔。

我邊跑邊想，那後頭是什麼東西？很眼熟！好奇心驅使我回

頭看一眼。

媽呀，是書。像我們一樣高的大書。

哪來的書呀？誰的書啊？要壓死人哪——

腦子裡飛快出現一堆問題，但想那麼多都沒用，到頭來還是要用兩條腿跑。

大家都像逃難似的狂奔。

我看剛才瘦弱的雄偉快倒快倒的樣子，趕緊扶他一把。

那些書好像裝了輪子，一直追著我們跑，直到把我們都壓倒在地後才全部停止。

「好了，大家熱身好了吧？」

一本本的大書旁，小歐直挺挺的站著。

我看每個人都氣喘吁吁，狼狽極了。尤其是那個兇巴巴的女生蔣欣欣，還被嚇到哭，不過還好那個撲克牌臉的人把她拉起來。

「看到這些書了嗎？」小歐指著書：「要進圖書館前，需把書拿到前方中站。」

「拿書？」現場一片譁然。

那些書每本看起來起碼都有好幾十公斤吧。又不是在招考環保清潔人員，要背沙包考試。我真想回頭，但……不行！

「大阿胖，你還好吧。」我看大阿胖嘴巴開開呆望著。

「這麼大的書耶。」他哀叫著。

這時奇怪的答答聲響起。

「這是倒數的響聲，在三十響後，所有人必須拿著書，不管你用背的，用抱的，用拖的，都要在時間之內到達中站，中站就在前方斷崖。最後一個到的人，必須被送回。」

「斷崖？」莫桑皺著眉。「哪裡有斷崖？」

「照這種情形看來，他說的斷崖應該在很遠很遠的地方。」

「那我們……」莫桑一臉的笑臉也變苦臉了。

小歐看了看大家：「如果有人要放棄，可以先出列。我們會把你們送回原來的地方。」

我看大阿胖想出去的樣子。我馬上拉住他：「不要出去，去了就真的回不來了。」

「可是……我背不動啊。還不如不要去……」

「相信我，去別的地方你會後悔的。」

大阿胖猛抓頭。我知道他看到有些人放棄走了，他也想走，但這時刻基於道義，我真的不能放他出列。

「拿起書，往前衝吧，你別無選擇。」

話才剛落，可怕的鐘聲又響起。

沒得選，咬著牙衝了。

那一排書，每本都厚重，想到就腿軟。

先拖了一本往前跑，以便離開小歐的視線。在他那雙鷹眼下，我老是覺得不自在。

跑了一段路後，瞧瞧沒人注意，便偷偷的拿出隱形的神力手套套在右手。神力手套一戴，書就輕而易舉的拿起。

書輕了，人也跑得快，這法寶是事前準備的，只希望不要是最後一個到就好，不然所有的努力都白費了。

「大金，你也好快。」

是莫桑，我看這對他而言根本不是難事，他的身手我早就見識過，一本大書頂在頭上還跑得像隻猴子一樣快。

「你有練過嗎？」我真好奇他哪來的神力。

「我每天都在山上背著幾十公斤的水果跑啊。」

天啊，難怪有那麼好的身手。

「那我先跑囉。」

莫桑說完腿就像彈簧一樣衝出去。

我看看其他人……

有人行，有人走不動，也有人吃力的拖著背著，連那大小姐蔣欣欣也不例外。看她邊拖著書邊哭，我也有點同情她，但我是泥菩薩過江，自身難保，也顧不了她。好在那個撲克牌臉的陳適在旁頂著，沒多久她就不哭了。

我看那撲克臉陳適有點古怪，怎麼老是幫那蔣欣欣。我看他也不是心慈性善的人，這裡頭一定有文章。

「大金……」

是大阿胖的聲音，我回頭一看，他真的使勁力氣用拖的。

「大阿胖，行吧。」

他搖搖頭。

我看他滿身是汗，臉脹紅得像烤乳豬一樣……再這樣下去，他不是陣亡，就是最後一個。

不忍見他真的要打包回去。只好右手助他一臂之力。

「咦，我的書怎麼變輕了？」

「別廢話，往前跑，我幫你減輕重量啦。」

「真的？大金，謝謝你。」

「要跟我同步跑，快。」我趁大阿胖不注意時又拿出神力手套戴在左手上。我總不能幫了他，自己卻重得要死。

不過，跑沒幾步又碰到一個需要幫忙的人。那個周雄偉！我就知道他不行。

他已經很努力的跑這一段路了，但他現在看起來像快掛了一樣。跪在路中直喘氣。

「你還行嗎？雄偉同學。」我實在擔心他。

「我看我到不了了。」

唉，我無法看他倒在路邊。只好說：「我幫你。」

左手的神力手套往他的書上按。我自己只能靠實力，把書背在後面，左右手各幫大阿胖和那雄偉同學撐著，三人快步向前。

我什麼時候變得這麼仁慈？

跑到中站時，我終於知道要當神一樣的助人是多麼的不簡單。

3 飛行的書

中站斷崖處。

連跑帶拖，不知走了多久。這天色一點也沒變，我的腿卻已經快斷了！

「大金，謝謝你的幫忙。」

「是啊，同學，謝謝你。」

拖著大阿胖和周雄偉兩人，總算過關了。

在斷崖前能到達的都到了，不能到的也來不了了。大家都累得像條狗，或坐或躺的倒成一片。

「恭喜你們七位順利到達。雖然有兩位自動放棄了，但並不影響我們接下來的行程。」

那神神祕祕的小歐又出現。他直指著前方：「前面是一處斷崖。接下來必須通過這斷崖和深谷，到達山的那一端。圖書館就在那裡。」

又是一個好遠好遠的那一頭。

怎麼過去？

環顧四周，沒有其他交通工具。要來個天方夜譚小胖的魔毯嗎？還是向巫婆借掃把？

「要怎麼過去啊？」大阿胖嘴張大大的問。

小歐笑一下：「很簡單，用書飛過去。」

「用書？」

大家這次的驚呼聲沒上次大，想必已經接受這種無奇不有的怪事了。

「沒錯，用你們的意志力，駕馭手上的書。」小歐又用冷到不行的鷹眼看著大家：「能不能飛，飛得遠不遠，全憑各人意志。到不了圖書館，就請往回走。」

「我們可以嗎？」莫桑一臉為難。

「不可以也要可以。大家試一試吧。」這種情況下別無選擇，看來只有專心為上。

我看著書努力的想要它飛……我要去打發時間圖書館，我要去打發時間書館……

「大金，我怎麼讓它飛呀？」

大阿胖在旁邊吵，想專心都不行，真想一拳把他打昏。不得已只好隨口回他：「你可以想圖書館那裡有好多漢堡、薯條、可樂、披薩和各種你想吃的美食，你只要衝過去就可以吃到了。」

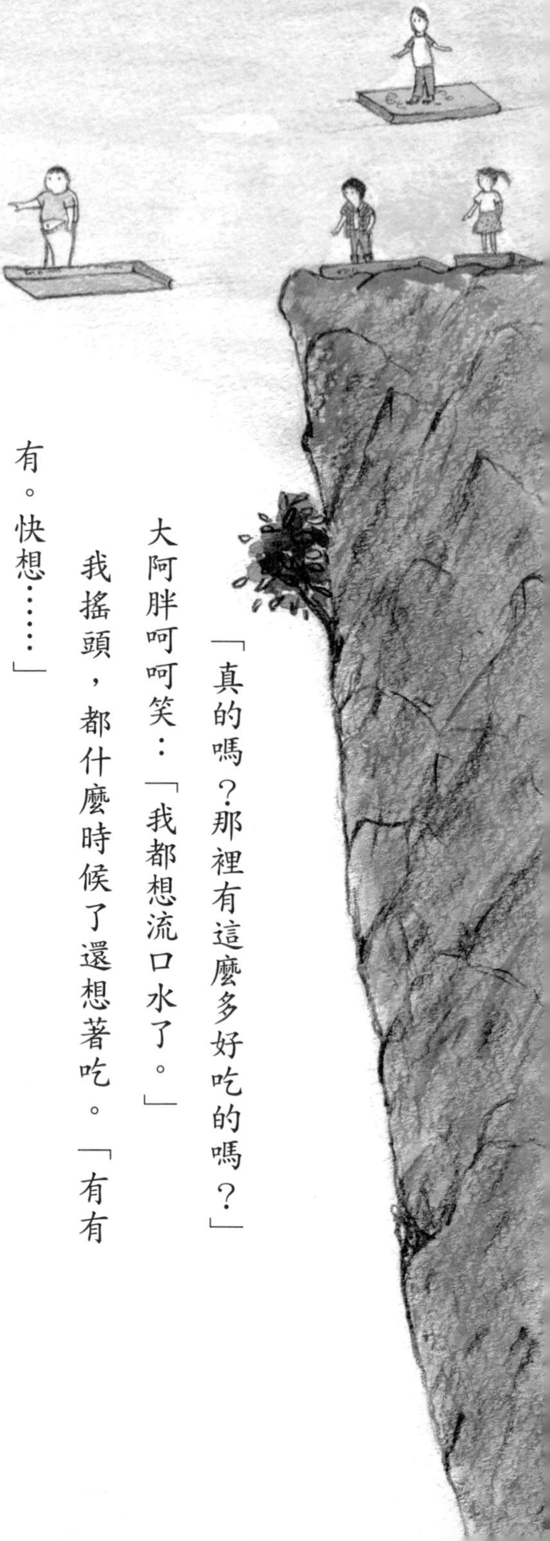

「真的嗎？那裡有這麼多好吃的嗎？」

大阿胖呵呵笑：「我都想流口水了。」

我搖頭，都什麼時候了還想著吃。「有有有。快想……」

我的話才剛講完，大阿胖真的能飛了！他已經飄浮在半空中。

「大金，真的，想吃的就有效。」大阿胖哈哈大笑，身體顯得很不穩。

「喂，站穩一點，不然跌下去就完了。」我提醒他。並要他閉嘴別吵，我可要專心了。

我努力的想，用力的想，想到我的成績……我一定要找到那本書……

咻一聲，書騰空而起！

「行了，我行了。」

我高興的跳起。

站上書本，有種古時候御劍而行的感覺。

我看著其他同行的人。

周雄偉也上來了。
接下來是那撲克牌臉的傢伙。
我看他又偷偷幫了那大小姐，那大小姐和莫桑同時飛起來。
只有一個沒來得及認識的人，他控制書的能力好像不行，書像雲霄飛車一樣失控亂飛，人在瞬間就摔落看不見的深淵。
「啊，他掉下去了。」
大家只能同聲悲嘆，卻也幫不了他。
「出發。」
不知是誰發的號令，大家都同時向前而去。
我站在書上，那種居高臨下，踏書逆風的感覺從未有過，這次真是過癮。
我們飛很快，也求穩。大阿胖這回跑第一，我看他是想吃東西想瘋了。

至於那個像陰魂一樣的小歐，我發現他就在我後面。
我總覺得他無時無刻都在盯著我。
我試著跟他套交情：「你在圖書館很久了嗎？」
沒有回答。
我再說：「我們接下來還有什麼行程嗎？」
又不說話。
「那你應該不是啞巴吧？」我故意損他。
這會，他終於開口了。但說的是：「前方就是打發時間圖書館。」
打發時間圖書館！
我眼睛睜亮。
遠遠的雲海深處，有點點燈火。那應該就是打發時間圖書館吧。
經過百轉千折，我終於到了。

4 打發時間圖書館

「這裡就是打發時間圖書館。」

沒人管小歐說什麼。現場一片靜默。

大家同一個動作都是仰著頭，張大著嘴。

大門在我們飛進來時自動打開。

寬廣的大廳靜得像入無人之地。

眼前一列列的書櫃，彷彿幽靈般交錯游移。

「這是圖書館啊？」莫桑用手去觸摸在他面前的書櫃。

哪知那櫃子像觸電般瞬間移走。莫桑嚇得往後跳了好幾尺。

「那我們來這裡做什麼？」

終於有人問到了重點。周雄偉滿臉疑問的看著那些書。

「對啊，我來圖書館做什麼？」大阿胖喃喃唸著。

大阿胖問我，我沒回答。這複雜的問題，需要有專人來解答。

小歐看著大家：「到這裡是要來看打發時間書。」

「打發時間書？」

大家異口同聲，只有我例外。

「沒錯，看一本重要的書。這本書關係著你們的未來。但不是現在看。」小歐簡明扼要的說：「你們是新來的學員，需要先替圖書館工作。」

「靠……」我差點髒話出口。還要工作？哪門子規定啊？

「這裡是圖書館的藏書庫。你們的工作就是負責找書、送書及整理擦拭書籍。為期兩天。」

大家張大嘴巴。

我現在終於知道，為什麼進來之前要學會駕馭裡頭的書，原來這裡唯一的交通工具就是書冊。不會駕書飛行，要到圖書館的各區，恐怕走斷腿也到不了。

小歐走向一處像玻璃試管一樣，約有一個人高的檯前，一聲叮聲響後，玻璃試管內就浮出一排字：《少年小樹之歌》。

小歐看了字後，按了綠鍵，隨後出現書櫃的號碼及圖書編碼。

「看著！」小歐一聲看著後，人就像沖天炮一樣，咻一聲往上衝。隨後看他在半空中踩著書飛來飛去，確認是哪個書櫃後，就開始追逐像幽靈般飄來飄去的櫃子。

「櫃子沒有一定的區位，全靠自己去找。」小歐的聲音如宏鐘迴盪在四周。

「要死了，這什麼鬼地方。」我暗叫苦。這裡有多少書櫃，不用

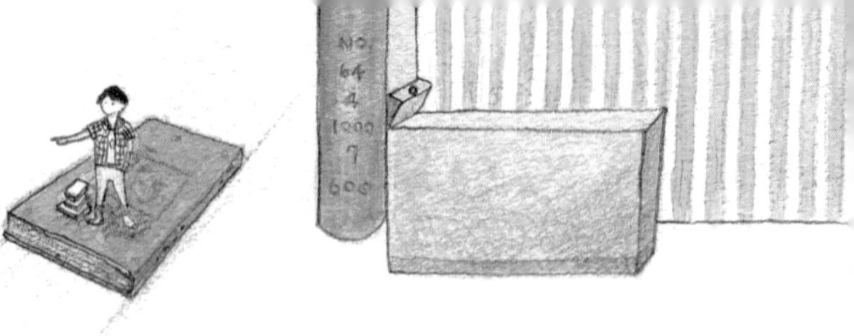

想都知道。

「放心，被確認的書櫃，會顯示燈號。」小歐看向我這裡。

我心裡嘀咕，該不會這麼遠也聽得到吧。

「只不過要找的書不會只有一本，同時間會有很多的燈號閃爍，你們必須分工合作，用最快的速度找到書並送書出去。大家瞭解了嗎？」

「瞭解了。」

大家的聲音很大，但我看信心是沒多少。這找書、搬書，一樣也不簡單。

臨走之前，丟下一句：「辛苦了，各位。」

「喂，你就這樣走了？」我叫道。

「不然還要怎樣？」小歐回頭。

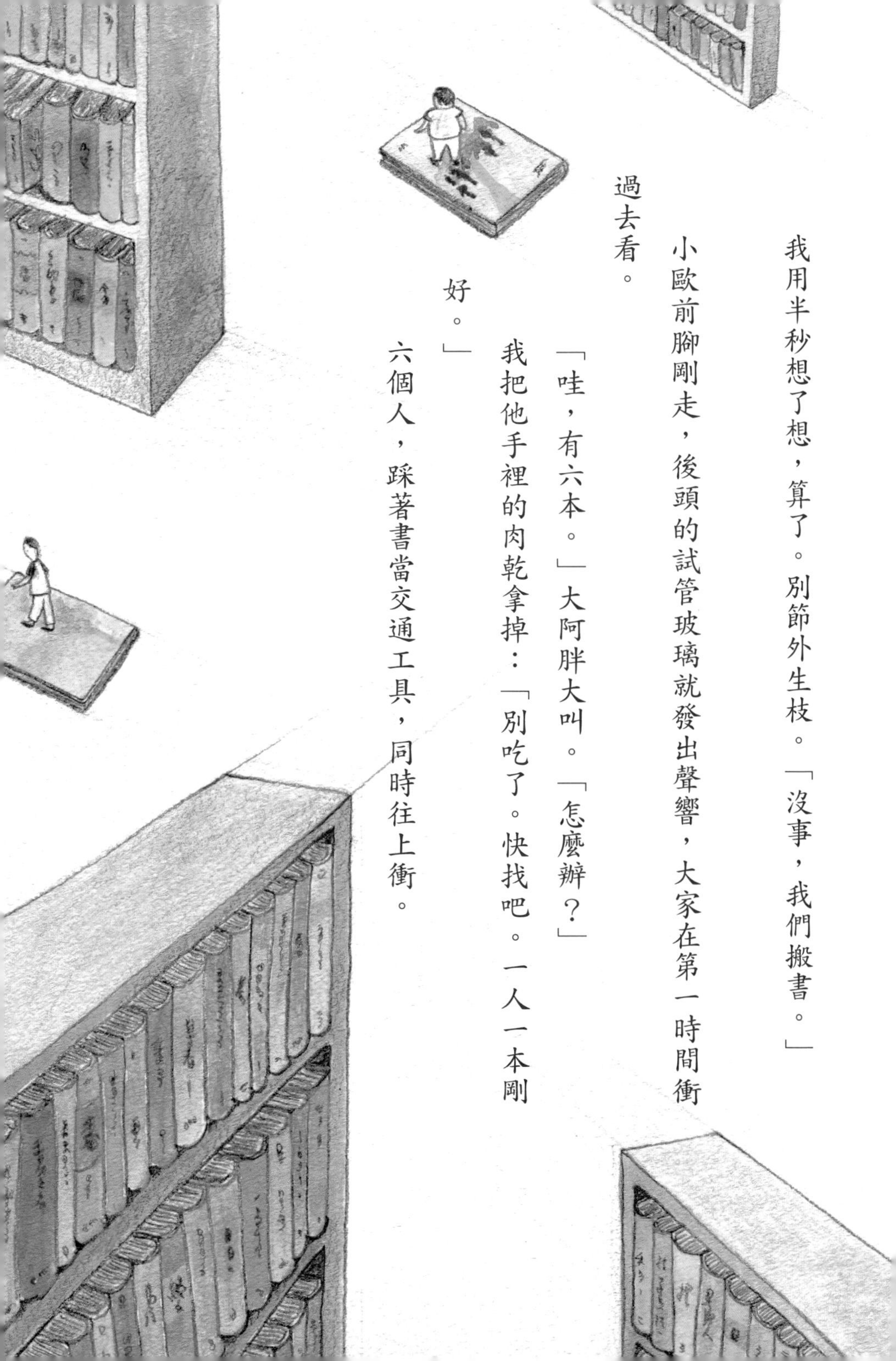

我用半秒想了想，算了。別節外生枝。「沒事，我們搬書。」

小歐前腳剛走，後頭的試管玻璃就發出聲響，大家在第一時間衝過去看。

「哇，有六本。」大阿胖大叫。「怎麼辦？」

我把他手裡的肉乾拿掉：「別吃了。快找吧。一人一本剛好。」

六個人，踩著書當交通工具，同時往上衝。

的確有六個書櫃的燈號在亮著。「分頭行動。喂，撲克牌你六十四號櫃，大阿胖你四號櫃、周雄偉你一千號櫃、蔣欣欣妳七號櫃、莫桑你六百號櫃。快！」

「我才不要。」

竟然有人說不要，是蔣欣欣。

在這個節骨眼上竟然還耍大牌。

「不然三本全給妳。」我馬上丟了三本給她。

「你！」

「對，就是我。」我不爽的回她：「那妳自己行動，不要跟我們在一起。」

「我不要。」

又講不要。「那你到底要什麼？大小姐，妳知不知道自己在……」我火大的想罵罵她，但那撲克臉陳適又來幫她。

「我來幫她。」

我看著陳適，想不出他幹麼老幫著蔣欣欣？

「你欠她的呀？」陳適走過我旁邊時我特地問了一句。

他看了我一眼，和之前一樣，什麼話也沒多說。

他幫了蔣欣欣後，我自然而然接了指揮權，大家再也沒什麼異議。六本書很快找齊，並由三個人送出去。

正以為沒什麼困難之處，突然又來了十本書單，漸漸感覺到壓力來了。光追著書櫃跑，就浪費了很多時間。那書櫃好像長眼似的，淨跟我們捉迷藏……

「大金，我快掉下去了……」

大阿胖貪心，一下子拿了十本，還沒來得及等我們去救他，刷一聲連人帶書往下掉……

「大阿胖——」

大家衝過去……還好幽靈一樣的小歐出現，適時將他接住。

「嚇死我了。」

大阿胖落地後還東倒西歪站不穩。

「這時候是借書的高峰期，再過十分鐘，就不會有書要借。接下來是還書時間，拿到書後，請將書歸位。」

「還要將書歸位？」

光聽到這裡腿都軟了。

這真是個鬼地方。

將書歸位聽起來很簡單，其實跟找書一樣，還是要追著書櫃跑，這一路飛來飛去，雖然不是真用兩條腿跑，但光踩在書上，也夠累人了。

「我快不行了。」先陣亡的是大阿胖，他人胖禁不起這樣折騰，進了像蜂巢一樣的格子屋後，倒頭就睡。

其他人也沒撐多久，很快的接著睡了，最後一個關門的是陳適，他探頭時我正好也在看外面的情況，我們兩個很有默契的不說話，輕輕的把門關上，此時所有的光源也自動的全熄了……

同一時間，我已整裝待發。

門不能開，一開光源全亮，得爬窗。

面對漆黑一片的空間，我無差別就能適應，這是天生的本事，在黑暗中如同白晝。比較麻煩的是外面的磁場竟然改變成無重力狀態，這真是出乎我意料。為了爭取時間，趕緊拿出火輪鞋穿上，並把探測針打開，輸入我要的標的物。

探針開始轉動，但三百六十度轉了一圈，竟然搜尋不到訊號。

「怪了。」我往另一區移動。

同樣找不到標的。

這裡的夜暗得有些不真實，要不要再往更深一點的讀書廳前去，讓我猶豫了一下。

只是這前腳才踏出，一股電流般的引力就吸住了我。

我暗叫一聲不妙。一條蛇一樣的怪東西，在我腳上蠕動。

這大概就是俗稱的夜行蟲，打發時間圖書館的警衛。專門抓像我這樣偷偷出來的人……

打死牠嗎？又怕打草驚蛇。

但不處理，我可能就消失在這裡。

那引力正在探索，再來就會放電，接下來可能會有更多的夜行蟲找上來……

正當我汗流浹背在想辦法時，一道黑影閃過，在那條怪東西身上用電，瞬間，夜行蟲的吸力消失殆盡。

他的手上有赤極光。這赤極光專門用來對付這種夜行蟲，夜行蟲見到這種光，不走避就會被燒化。他怎麼會有這種寶物？

「走。」那聲音極低。

我沒時間探究，第一時間就閃人。

那黑影在我轉身之際竟然也看不到了。

見鬼了嗎？

幫我的人是誰？

是敵還是友？

突然多出這麼多問題，想得我頭都大了。

夜探圖書館的行動不能再繼續，唯有再等待時機。

兩天，就等兩天後吧。

5 突發事件

兩天時間已到。

這四十八小時是黃金時間，決定了許多人的未來。

我們被小歐召集起來。

「一起到最頂樓的閱覽室。」

小歐手一揚，所有人聽話的跟著他一起飛上去。

我們跟隨在小歐後頭，升空的感覺只在眨眼間，很快的就來到頂層的閱覽室。

閱覽室空無一物，也沒有人，有一種森冷的氣氛瀰漫著。

只見小歐向前幾步，將手中的卡往前一擲……

一道藍色光束射入，眼前緩緩升起一本書。

那本書上空有七彩炫目的光芒，所有的目光都被它吸引而去。而我的心隨它慢慢顯現而愈跳愈快。

那一定就是傳說中的……

「打發時間書。」

小歐宏亮的聲音讓我的腦袋更加清醒。

「這是你們進來這裡第一本要看的書。這本書能讓你們知道為何而來，將從何而去。」小歐看著大家。「請依序來翻閱此書。誰要先來？」

我們每個人都互看一下，最後決定讓兇巴巴的女生優先。

「為什麼是我？」

她又問白目問題。五比一哪有得選。

「為什麼你不先？」她指著一直都在幫她的撲克牌陳適。

只見陳適也搖了搖頭。

「妳先看吧。」小歐手一指。

由不得她了。她悻悻然的上前。慢慢的翻開那本書冊……

我緊盯著她看。她的表情由來時的生氣，慢慢的變成驚訝……再快速的轉成驚恐……

「不可能，不可能，這不可能……」

我知道她看到真相了。

接下來的大哭是免不了。

「大金，她看到什麼？」

「為什麼她會這樣？」

「那書裡面到底寫什麼？」

當大家議論紛紛之際，一道身影衝過去。我定眼一看，是那個撲克牌臉的傢伙，他抓著蔣欣欣的手，向上丟出一粒金色的光點。莫名的舉動，大家都看傻了，接下來他的動作更令大家措手不及。他拿走打發時間書，帶著兇巴巴的蔣欣欣駕著書往外飛。

小歐在第一時間跟著衝出，只見前方一陣閃光，小歐被強光擊射，我看他也出手抵擋，卻節節敗退。

我眼看那撲克臉陳適就要跑了，為了打發時間書，我卯起來追。

「大金，你要去哪裡？」

我管不了大阿胖和其他人了。若沒拿到打發時間書，我這趟就白來了。

我拿出加速卡幫自己增加速度。我知道自己御書飛行的能力還不夠，只好請出法寶來幫忙。

「陳適，你別跑。」我大喝。

他雖夾帶著一個人，速度卻奇快。他的意向我一直猜不透，他到底要做什麼？

一直以來他都神祕寡言，特立獨行，唯一幫的就是那個兇巴巴蔣欣欣。

「你拿那個幹什麼？」

我只差他百公尺的距離，想再追近一點。誰知他竟放冷箭一支。

我差一點就中箭落書，還好角度偏了。

那是真的箭！他哪來的箭？現在還不只一支，第二次攻擊就是一排箭雨而來。

「媽呀，玩真的。」

我只好東閃西躲，向後退了一大段距離。

我現在發現他是蓄意攻擊，不讓人追來。那他進來這裡一定另有目的。

我雖然閃過第二次攻擊，肯定還有第三波。

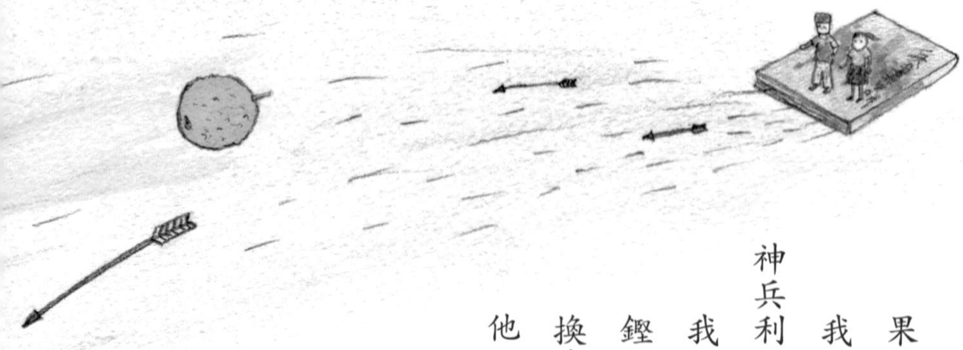

果然，第三批箭來了，是從書裡射出來……

我明白，他能用書作戰。那本書是《兵書寶劍》，裡頭都是神兵利器，難怪他當時要選那本書！

我也依樣畫葫蘆，叫出盾牌把自己圍起來。

鏗鏘聲響，雨箭落下。

換我了。我這本書是《現代武器大觀》，本想來個火箭炮送他，但瞬間想到他手裡還有個人。只好收手。

「那送你一個禮物。」我靈機一動，丟給他一個東西。

只見他像嚇到一樣，書劇烈的搖晃數下。

「那是芭樂，不是手榴彈。」我大笑為自己出口氣。

接著拋出金絲網網住他。這金絲網是用

銀河的游移線織成的，連光都能網得住。「看你要往哪裡跑。」

看他被網住，我也放膽向前收網。

網中的他好像不願乖乖就範。只見他用手中的打發時間書衝破金網，畫開一道縫隙……

啊，是時空縫隙！我知道那傢伙要幹什麼了。

時空縫隙一開，時間與空間的氣流迅速轉動，我所處在的空間像地震般隆隆作響。

我知道不好了，若再不走，就會被這股氣旋衝到異度空間。

我趁掏出定位珠定位之際，也搶下他手裡的打發時間書。同一時間一股強大的熱流襲來……一道強光照下……

我在二股力道衝擊下，一直轉一直轉……

6 失落的打發時間書

咚一聲，重摔落地。

過了好久還是頭昏眼花。

我休息了一會，再試著站起來。屁股一陣痛麻，只好再坐坐。

上次有大阿胖做肉墊，這次可沒有。想到這，我猛然跳起。

差點摔到忘了正事。

我先確定所在位置。

迅速掃看四周。是我的房間！真感謝爺爺送的這顆定位珠，不然在那種比火山爆發強幾百倍的情況下，我會被送到哪裡也不知道。

我看看帶去的百寶袋，東西沒少。

那書呢？

整個房間翻遍，馬桶的水箱也翻了，連個影子也沒有。

打發時間書呢？明明已經到手的打發時間書，竟然被我弄不見了。

天哪！

我仔細的回想。在隨著兩股力量衝入時間縫隙時，書明明還在手上。只是經過一陣跳躍翻滾，震得我自己都搞不清楚東西南北時，書一定是在那時候掉的。

書應該是跟著出來了。

我用最快的速度衝向大門。希望能在最短的時間內找到打發時間書，打發時間書在外愈久，情況會愈難控制。

這時門鈴響起，我也不想問是誰，就直接開門。

只是門一開，怪了！沒人？

明明就有人在按門鈴啊？

「是我們。」

陰沉聲音在我後面響起。

背脊一陣涼意。

我猛然一轉身，一排人站在我身後。

「鬼呀——」我踉蹌後退去撞門，差點沒跌倒。

「沒那麼快把我們忘了吧。」

我定眼一看。是小歐！

再看，連大阿胖、莫桑及周雄偉都來了。

「你們幾個能穿牆，幹麼還按門鈴？」我脫口而出。

「按門鈴是怕嚇到你。」小歐冷冷的說。

「按了不等門又穿過來，那不更嚇人。」我不爽的回他。

「才見到幾個鬼就嚇到，又怎麼配做宇宙神偷世家的人？」

「你——」我瞪著他。

小歐的話不留情面，看樣子他已經知道我的身分了。

我們兩個對立站著。場面一度很僵。

「你們別這樣嘛。」莫桑跳出來拉拉我。

「是啊是啊，大金。現在很混亂耶，我們不知道你跟小歐是誰？我們也不知道自己是誰。誰來講給我們聽哪？」大阿胖憂心的說。

「是啊，可以解釋給我們了解嗎？」周雄偉出面拍拍我和小歐的肩膀。

看著大阿胖他們，我的確是給他們帶來麻煩。

「算了！你說還是我說？」我把問題丟給小歐。

「你先。」他丟下話後就逕自走開幾步。

「好吧，我先說我的身分。我家的確是神偷世家。專門偷宇宙間的奇珍異寶。打發時間書是我今年晉級的作業。所以，我就進去了。」我雙手一攤：「我說完了。」

「打發時間圖書館是尚未死亡靈魂的暫時歸處。進來者短則三、二天，長有至壽命終了。每個進來的靈魂都要看打發時間書，那本書記錄每個人從出生到進來之前的所有事。」小歐看著大阿胖他們：「包括你們出了什麼事。」

「那那那……我到底怎麼了？我怎麼都記不起來。」大阿胖無助的看著我。

「看了打發時間書你就會知道。」小歐回答。

「那打發時間書呢？」莫桑問。

小歐看著我。

「幹麼看著我。又不在我這裡。」我有點心虛的回他。

「你有從陳適那裡拿到書。」

小歐連這他都知道。真是個不折不扣的鬼差，調查得那麼清楚。

「是。」我沒好氣的回：「我們的確有打過，書我也有搶到，但是在回來的路上出了一點狀況。書，不見了。」

「不見了？」大夥驚呼。

唯獨小歐倒是很鎮定。

「所以我急著出去找啊。」我解釋。

「你知道要去哪裡找？」小歐冷問。

「不知道。但我知道你知道。」

沒見到他之前，我真沒把握能找到。但他出現後，我就有百分百的把握能將書找到。

我看他沒說話，在看了我一眼後轉身從懷中取出個掌心大的圓形物。

「那是什麼？」我問。

大阿胖舉手說：「我知道，那是追蹤器。」

莫桑也跳出來說：「對啊，小歐就是用那個找到你的。」

氣！但又能怎樣，他又不是人，掐也掐不死。

約莫一會後……

「打發時間書在這裡。」小歐把那追蹤器遞過來。「知道是哪裡嗎？」

我定眼看著，在一片碧綠的公園旁，一個熟悉的建物。「是中壢圖書館。」

小歐點頭。

「那還等什麼。我們快去找吧。」我說。

「好，那我們走。」

小歐說完，手一揚，大阿胖他們連同小歐全不見了。

「喂，你們就這樣走了。那我呢？」我大喊。

「你是人，用你的方法。」

小歐的聲音迴盪在空中。

我雖傻了幾秒，但馬上就回神。

「你們太不夠意思了。等等我——」

我衝出門。

騎上我的小鐵馬，奔馳在車水馬龍的馬路上。

還好圖書館離家裡不遠，我在二十分鐘內趕到。

「喂，你們在哪裡？」我在圖書館前的廣場繞了一圈，他們的鬼影一個也沒到看到。

「你們到底在……」還沒喊出來就被人一掌給摀住嘴。周雄偉拉著我的手直奔二樓。

「你們幹麼站在那裡？找到打發時間書了嗎？」

我看他們站在書架旁動也不動。

小歐沒回答。莫桑則用食指貼在鼻子前要我不要出聲。

這就奇了，有什麼是他們會顧忌的呢？除了我之外，應該沒有人看得到他們。

「我們動不了，有個小女生一直在看我們。」周雄偉指指第二排書架裡面。

我好奇的假裝在找書，很自然的走到第二排書架旁，一看！

一雙烏溜溜的大眼正望著我。

真是個小女生，長得很正，眼睛很漂亮，有一股很特別的氣質，她直盯著小歐他們，見到我也沒當一回事。

我知道以她的這種眼神，一定看得到不同空間的形體。我們沒料到在圖書館裡還會遇到這樣的人，真是踢到鐵板，想動也不能隨便亂動。她那雙眼，就像雷達一般，小歐他們一有什麼動作，她就隨之而動，更不用說會怕小歐他們。

「你們別動，讓我來就好。」我用唇語跟小歐說，希望小歐能懂。

隨即一種聲音在我耳畔響起：「書在第三排，第五層第十一本。」

我看向小歐，他脣未動，聲音就直達我耳裡，這種本事我早就想學了，可惜還沒學到。

我向小歐點個頭，告訴他我馬上行動。

我轉向第三排。第三排有個中年的大叔，他正在找書。

我想用最快的速度取到書，便加緊腳步前進，眼看快要到目標區，大中年大叔突然移動了幾步，抬眼盯著目標書直看。不好。他已看到打發時間書。打發時間書有種魔力，一旦看到它，就會被它所吸引住。

果然，那大叔手伸向打發時間書，翻了幾頁，很認真的讀起來。

我慢了一步。雖然希望他能把書放回架上，讓我能到手，但我知道這是不可能。打發時間書已經讓他深深著迷。

那大叔闔上書，帶著書要去刷條碼。

我馬上向小歐打個信號，告知他書沒到手，已被人先一步借走。

我們準備撤離。

「想辦法把人支開。」小歐的聲音在我耳邊響起。

我向小歐比了OK的手勢，故作找書的樣子，向那小女生借個路過去。我看小歐他們在那小女生讓路之際，瞬間消失。

那小女生才轉眼就跑向小歐方才所站之處，她四處望著，眼光馬上回到我身上。

我向她笑了笑。雙腳馬上開溜。她那彷彿會穿透人心的眼睛，我看了也會心虛，趕快溜走才是上策。

出了圖書館，我跟上小歐他們。

「他把書借走了。」我指著前方提著圖書袋的男子。

「他們碰不到書，需要你幫忙。」小歐說。

「他們拿不到，你應該可以呀。」我問小歐。

「書在你們這裡幻化成一本普通的書，我無法用寶盒把它收回。」小歐看著我：「我需要靠你拿到書，再放回寶盒中，這樣我才能帶走。」

「終於要我幫你了是嗎？」我有點得意。「求我啊。」

只見小歐眼中射出冷光：「不行就說一聲，我另外想辦法。」

「你別激我。」我哼一聲。「看著。」

我快步向前，跟在那大叔身後，心裡跟先祖說聲對不起。我們歷代只取宇宙間的奇珍異寶，絕不偷取一般人的東西，但為了把打發時間書送回原有的地方，只好破例一次。

我右腳踏出，準備側身出手，突然一種熟悉的眼光讓我停止了動作。

是那個小女生，什麼時候出來？竟站在圖書館側門看著我。

我手一縮，用最快的速度掃看小歐他們的身影。

不見了，他們消失不見。一定是感應到那小女生的氣場才迅速離開。

我現在也不方便出手，只能眼睜睜的看著那大叔開車離開。

眼看要到手的打發時間書又沒了。只好再重新定位找書。

「快走吧，人家已經看到我們了。」小歐的聲音隨著風而來。

我跳上小鐵馬，快速離開圖書館。

沒有第一時間拿到打發時間書，就錯失了良機。整整有一個星期，小歐都無法定位找到打發時間書。

「為什麼會這樣？」我看著一愁莫展的眾人。尤其是小歐，這原因只有他知道。

「書在啟動狀態。」

「什麼意思？」

「書一直被翻閱，沒有闔起來。」小歐踱步：「只要打發時間書有人在看，我們就無法定位找到這本書。」

「那表示借書的人一直手不離書。」我想了想：「那怎麼可能，沒人這麼用功吧？」

「你不了解。」

「你不講，我當然不了解。到底……」

小歐手一揚，要大家靜聲。

小歐的定位器又亮起。

「快，書定位了。」

小歐和大阿胖他們眨眼間又不見人影。

「喂，還有我。你們要去哪裡也通知一聲啊。」我對著空氣大叫。

一張紙片緩緩落下。

我撿起來一看。是醫院的地址。

區域醫院，離這裡要騎三十分鐘。

我沒多想，馬上衝出門，騎著我的鐵馬追人。

路不好找，好久沒上醫院，多繞了一段路。

站在醫院的大樓前，沒人告訴我該去哪裡。迫不得已只好站在醫院的對街馬路上大喊。

「小歐，大阿胖你們在哪？」

這種丟臉又引人側目的行徑，以前打死也不會做。現在為了打發時間書，也管不了那麼多。

「在三樓腦神經科第三診間。」我後方又傳來嚇死人的幽幽聲。

這次是大阿胖，他又在吃東西了。

「你什麼時候在我後面？」我真被他打敗。

「你叫的時候我就來了。」

「那你們在那裡幹麼？」我問。

「書在那大叔的手提包裡。」

我趕緊衝進去找人。

三樓診間人不多。我看到大阿胖他們正圍在那天借書的大叔身邊，小歐則雙手抱胸的站在一旁。

我看一眼那大叔身旁的黑色包包。

「出手啊。」我故意對小歐說。

「你明知道我們需要靠你幫忙。」

「那你算是在求我幫忙囉，口氣也不好一點。」我有意刁難。

「時間很緊迫，不要浪費時間。」

聽到這話，我更不服氣：「是誰浪費時間，明明就是你自己無法把書定位。」

「你……沒想到神偷世家的傳人竟然是這樣的人。」

「我是怎樣的人？你說清楚啊。」我跳上去準備和他較量較量。

「大金，不要這樣。」周雄偉出來打圓場：「畢竟是你闖出來的禍。小歐在幫你收拾。」

「又不只有我，那個撲克臉陳適也有份。」我不服氣。

周雄偉溫和說：「我們都知道。小歐也會去找他們。你可能不知道圖書館已經大亂，再不拿回打發時間書……」

周雄偉欲言又止。

「他們會滅失。圖書館裡的寄住者也會流離失所。」小歐嚴肅的看著我：「不止裡面亂，你們這裡也會失控。你應該知道這事的輕重，不然你也不會急著要找到打發時間書。」

換成我語塞。小歐的話我無法反駁。的確，打發時間圖書館的鎮館之寶，書一遺失，整個時空將大亂。

小歐接著又說：「你知道這個中年人為什麼來看醫生嗎？」

我看那個大叔很懊惱的頹坐在椅子上。

「醫生判定他得了失智症。他在短時間內已遺失了兩成的記憶。」

「他失智跟書有什麼關係？」我問。

「他已經看過書，沉浸在書的世界。在打發時間書裡，有他所有過往的紀錄，像電影一樣呈現在他眼前。打發時間書會吸引他沉溺在其中，漸漸將他的記憶吃掉，最後的結果是什麼，你應該知道。」

我沉重的吸了口氣。

「小歐說愈快拿走打書時間書對那個叔叔愈好。」莫桑看著我：

「我們都拿不到，只有靠你了，大金。」

「好。我去。」我自知理虧。盜書之舉沒有想到會衍生出這樣的結果，我也必須負責。

「要我們怎麼配合？」小歐問。

「製造混亂，但不要太過分，這裡是醫院。」我提醒。

「沒問題。」小歐點頭。

他舉起手一揮，遠處突然有緊急鈴聲響起。醫院上下一陣騷動，當大家緊急疏散時，我混在那大叔的旁邊，隔空取走他包包裡的打發時間書。

「大金，你好厲害。」大阿胖邊走邊呵呵的笑。

「沒什麼，牛刀小試而已。」我把書遞向小歐。

小歐打開寶盒。我和他的眼神交會半秒鐘，便將手中的書放進去。

走在路上。小歐問了一句：「你有沒有遲疑過？」

我也不瞞他：「有。想到我的晉級作業。」

「那為什麼沒拿走？」

「我也是有格的神偷。」我睨眼看他。

小歐一笑點頭：「好。一句話，謝謝。另一句，對不起，我收回之前對你說的話。」

「不客氣。」我也爽快。「那你要帶他們回去了嗎？」

看著前方的莫桑他們。竟然些依依不捨。

「事情還沒結束。」

「還有什麼事？」我追問。

他快步向前，只見他跟大阿胖他們低頭說幾句後，轉身對我說：

「去了就知道。地址給你。」

我看了一下，又是醫院。

怎麼跟醫院這麼有緣呢？
天啊。

7 破碎的靈魂

這是醫院的加護病房外。

沉重鬱結的氣凝聚在空氣中。有焦急、有難過、有憂傷，還有流連與徘徊……

「來這裡做什麼？」

我趕得很喘，他們卻像有任意門一樣，穿梭自如。

「小歐說要進去裡面。」周雄偉指著小歐。

「你們能進去，我不行啊。這又不是隨便什麼人都能進去。」

記得奶奶就曾經住過加護病房，要特定時間才能進去。

「沒時間等，你只能用離魂術跟我們進去。」小歐說得很直接。

「我得在家才能用，在外隨便用會回不來。」我也實話對小歐說。

「那怎麼辦？我們沒有太多時間了。」大阿胖的芭樂在口中停住不動。

「放心，我有離魂珠，能保你平安來回。」

小歐手上拿著一顆泛著陰森綠的小珠子，他不說是離魂珠，我還以為是玻璃彈珠。

「好，說走就走。」我一口答應。那顆珠子我也聽過，是在冥王星的地心找到的，能讓人的靈魂與肉身分離。有那顆珠子我就不怕。

我找了走廊最角落的一張椅子坐下。小歐便將我的靈魂帶出來。我不是第一次離魂，所以沒什麼好訝異。

只是在穿過加護病房大門前問了一句：「找誰啊？」

燈火通明的加護病房，沒有太多的聲音，偶有護士起身換藥和看看儀器。只有一間有特別的聲音傳來。

是門口正對面那間，熟悉的樂曲從房中傳來。

我好奇的往前走去，想看看是誰在放音樂。我知道時間緊迫，卻抵不過好奇心。奇的是小歐竟也沒阻攔我。

窗簾沒拉上，我看了一下躺在那裡的人……

我直接穿進去，定眼看。

「是蔣欣欣！」我差點沒叫出來。

大阿胖、莫桑和周雄偉也咻一聲湊過來，大家七嘴八舌：「真的是蔣欣欣耶。」

「她怎麼在這裡？」

「她為什麼會在這裡？」

我看著滿頭包著紗布，身上插滿管子，像睡著了一般安詳的蔣欣欣，心中滿是疑問。

「你要來找的就是她？」我看著小歐。

小歐點點頭。「她出了車禍。急救後已被判定永遠不會醒來。」

我接著小歐的話：「那她應該永遠待在打發時間圖書館。」

「沒錯。可是她在看了打發時間書後，卻被帶離開圖書館。我必須來處理她的事。」

她有什麼事？我想不出來。倘若靈魂被帶回來了，那現在她也該醒了。可是……

「你們聽聽這裡除了音樂之外，還有什麼聲音？」小歐意示大家安靜。

「還有儀器的聲音啊。」大阿胖很快的回道。

「不對，不對，有不一樣的聲音。」莫桑耳朵很靈敏，循著聲音往蔣欣欣躺睡的地方而去。

周雄偉閉目：「有人在叫救命。」

「現在在叫爸爸。」

「是蔣欣欣的聲音。」我和周雄偉同時叫出。

小歐沒回話，只是手一揮說：「我們進去。」

「去哪……」

話還沒問到，就被一束光給抓到伸手不見五指的地方。

我知道是小歐抓的，只是不知道這裡是何處？「點個燈吧。」我叫。

話剛說完，亮光就來了，只是這光很微弱。

「怎麼不打亮一點。」

我才說完就被三個人同時拍肩膀。莫桑指指前方。

有個像紙一樣白的臉！身體……彎著縮在暗處。

她，正在啜泣。

「蔣欣欣，我們來了。」小歐上前。

「我不要待在這裡，我好怕。」

小歐拍拍她肩膀。

「我要找爸爸，我在這裡好難過。」她嗚咽哭著：「這裡好黑，我都走不出去。」

「為什麼會這樣？她不是回來了嗎？」看著現在的蔣欣欣，一點都沒有那種大小姐的樣子，甚至還比一般人更可憐。

「回來也沒用，她已腦死。把她的靈魂帶回來，只是把她關在這個黑暗軀殼中。」小歐面色凝重：「如果不讓她走，對她而言是一種漫長痛苦的折磨。」

他轉身問蔣欣欣：「我可以送妳去妳該去的地方。妳願意嗎？」

「不是回圖書館嗎？」我問。

「回不去了。」小歐說的很白。「圖書館是中站，她要到的地方是終點站。」

好震撼的話，我看著蔣欣欣，只見她同意的點點頭。

蔣欣欣同意，我們也沒話說。

「那現在就帶她出去吧，她很可憐。」周雄偉說。

「還不行。她雖然同意，但還得她爸爸願意放手。」

小歐這番話我懂，她現在是在醫院，沒有她家人同意，誰敢讓她停止呼吸啊。

「那趕快找她爸爸吧。」大阿胖滿是同情的說。

「她爸爸會放手早就放了。」我看著小歐，小歐同意的點點頭。

我接著分析：「問題一定出在她爸爸不知道她的情況，如果他知道自己的女兒這樣痛苦，他不知會做何感想？」

「那現在怎麼辦？」莫桑問。

「讓蔣欣欣自己跟她爸爸說。」小歐回道。

「她現在這種情況怎麼說？把她爸帶來嗎？」我提醒小歐：「人的靈魂不能隨便亂帶走，會有問題的，我是有練過，不一樣。」

「我知道，不用你提醒。」小歐很簡潔的回：「帶她的影像出去給她父親。」

「給她爸看影片？」莫桑不解的抓頭。

「不是。」我要小歐知道我的能耐：「是靠夢來傳輸對吧？」

小歐點頭。

「怎麼做？」周雄偉也滿臉疑惑。

「要靠我這顆夢石。」我從法寶袋裡拿出一顆不起眼的石頭。那是夢石，能捕夢、織夢，以及傳輸夢境。「蔣欣欣，有什麼話就對著這個說，我們幫妳轉告他。」

夢石由小歐操作，慢慢轉動……

有了蔣欣欣的託夢，接下來就是找她爸爸。

回到了身體，舒展了一下筋骨，快步跟上他們的腳步。

我壓低聲問：「你知道蔣欣欣的爸爸在哪裡嗎？」

小歐又給我一組地址。

「事不宜遲，我們先去，你加快腳步。」

丟下一句話又走了，可憐我的小鐵馬和這兩條腿，在細雨夜裡趕路。

心裡難免有嘀咕，但看在事情是自己惹

出來的份上，只好盡力收拾殘局。

蔣欣欣的家到了。不遠處見小歐。但，好像有狀況。

「發生了什麼事？」我飛快趕到。

只見小歐一個人站在一棟別墅的大門前對抗著金色的光罩。大阿胖他們則坐躺在地上，狀似痛苦。

「快把他們收到書盒裡，保護他們的靈魂。」小歐丟出裝著打發時間書的書盒。

我縱身躍起接下書盒，用最快的速度打開盒子，把大阿胖他們三人的魂收進去。

「你們還好嗎？」我急問：「發生什麼事？」

「不好，我們痛死了。」莫桑唉了幾下。

周雄偉解釋：「我們也不知道發生了什麼事，我們只要進去，在門口就碰上無形的障礙，被一道強光彈了出來。」

「有設防護罩？」我還是第一次碰到有人會設防護。不是防人，而是防外靈？

「你們在裡面休息，不要亂動。」我吩咐大阿胖他們，並轉身問小歐：「我要怎麼幫你？」

「不用，這是磁場防護。只要翻轉磁場就可以。」

只見小歐轉動手中的儀器，所及之處金色的防護網消失一半。

「專門用來防鬼的？」

我脫口說太快，小歐馬上來個冷眼。

「防外靈進入。設這種防護的人似乎對靈體有研究。」

「那現在情況如何？還要多久？」我問。

「馬上就可以。」

我看也是如此。防護網的光芒愈來愈淡，估計約幾秒後就可以收了這個網。

「那……」話還沒講，屋子上空突來一道閃電。閃電像長了眼睛似的，直朝小歐而去。小歐專注在翻轉磁場，也無法分心來擋那道閃電，就這麼在我眼前被閃電綁走。真的是被綁走。那閃電很耀眼，像繩子一樣捆著小歐就收進了那棟別墅。

我暗叫一聲不好。

燈火通明的屋裡有人在操控。裡頭的人似乎專門在對付外靈。看來我得拿出看家本領，進去一探究竟。

我攀著牆像蜘蛛人一樣往上爬，一躍翻身後輕輕落地。這別墅，有庭園，有植栽，還種了不少樹，只是夜裡看不清是什麼樹種，看來蔣欣欣這個大小姐，家境果然不錯。

我摸著黑往前走。

這房子的範圍頗大。繞了幾下，我大致摸清了方位。

我藉由風傳來的氣味，斷定有人在二樓。

我半跑到房子前面，也不走正門了，直接拋出繩，一躍而上二樓書房的陽台。

由落地窗簾掩護，我看見小歐被綁住站著。旁邊還有個頭髮凌亂，戴著眼鏡的大叔。

「我知道你有打發時間書，給我。」

我聽得很清楚，那人要打發時間書。

小歐不語，那人按了手中的遙控器收緊小歐身上的閃電。瞬間滋滋作響，小歐身體抖動好幾下，但小歐還是咬著牙不肯答話。

真是豈有此理，還動用私刑！真恨不得衝出去揍揍那個男人。

小歐向我使個眼色，我知道小歐看得到我。我向他比手勢要他忍忍。我趁那大叔慌張的回看電腦之際，閃入書房裡。

我拿起搖控器，關掉捆在小歐身上的閃電。等那個大叔發現時，我已把他的手腳給綁了。

「不用驚訝。遇上我是你的榮幸。」我向他做個鬼臉。他大概還搞不清楚我怎麼能無聲無息的闖進來。

「連最精密的儀器都偵測不到我的速度有多快。進來這裡只是小case而已。」我得意的說。

「還好吧。」我趕緊看小歐的傷勢。

「還好，皮肉傷。」

小歐走向他。

我連忙說：「小歐，冷靜一下！」

「放心，我不會動他。」小歐與他面對面。雙眼發出藍光。「你是蔣欣欣的爸爸。」

「你是鬼差，要帶走我的欣欣對吧。我不會讓你得逞。」

蔣欣欣的爸爸也叫小歐鬼差，可見我用這名詞來稱呼小歐有多貼切了。

「她本來就要去她該去的地方。」

「不可以，她什麼地方都不會去。我有本事把她從你們那裡帶回來，我就有本事把她帶出來。」

我看那大叔很生氣，聽他話中之意……

「你要帶她出來？」我看向小歐。「這行嗎？」

「已經來不及。」小歐看向窗外。

夜空中有嗡嗡的聲音接近，隨後一點光飛進書房裡，竄入電腦中。

「放開我，他們回來了。」蔣欣欣的爸爸急著跳腳。「快——快——」

我馬上解開他的束縛。他連爬帶跑的衝向電腦前，快速的敲打鍵盤……

隨後一陣仰天笑聲傳來。

有異狀！

我和小歐衝上去，分別站在他二側。我知道小歐的用意，到時要抓他，動手就容易多了。

「成功了，成功了。」

他狂笑。

我則楞住，相信小歐也和我一樣。

電腦螢幕上有陳適和蔣欣欣。

「陳適是你的人？」我早就覺得陳適這個人一定有問題，卻沒想到是蔣欣欣爸爸派去的。

「他不是人，他只是一個程式，我寫出來的程式。」他笑得狂妄。「他能進入祕境，能幫我把欣欣帶回來。」

他這一說，我心裡的疑問終於有眉目。在我進入時空縫隙時，有個力量推擠了我一把，難不成就是那個傢伙？

「他進去就是要帶出蔣欣欣？」我覺得他瘋了。

「對，我要找回我的女兒。不論用什麼方法。」

「你怎麼可能查得到她在哪裡？」

他笑得詭異。「在欣欣靈魂離體的剎那，我就留下她一片靈魂。將這小片的靈魂載入程式中，再設計程式追著離開的靈魂而去……無論欣欣去哪，這個程式都能追蹤到她，保護她，並過關斬將，最後奪得寶物，將目標帶回。」

他把這事當線上遊戲在操作。這個人不僅瘋了，簡直是個天才。

「你很厲害……」我不禁佩服。

「可是你這樣做不對。」小歐接著我的話說下去。

「誰說不對？上帝嗎？神嗎？」他又仰天大笑。「我要做的連老天爺也阻止不了我。」

「那你有問過蔣欣欣的意願嗎？」我把問題丟出去，阻止他近發瘋的想法。

他楞了一下。

「你有能力將她搶回來又如何？她不是又被困在更深更黑的世界裡？她非常痛苦你知道嗎？」小歐的話很嚴厲。

蔣大叔激動的大喊：「不會很久，不會很久，我已經想辦法把她帶出來。你們看，她在裡面，就在裡面……」

我打斷他的話：「STOP！那你現在要把她送去哪裡？把她送到貓啊狗啊裡面嗎？還是找個剛死掉的人，把蔣欣欣送進去呢？」

「蔣欣欣在圖書館可以很安寧的度過她的餘生，你把她強行帶回來，在這過程中已傷痕累累。這次你又硬將她帶出身體，她的靈魂已破碎到接近滅失。」小歐發出警告。

「不可能，欣欣還好好的，還好好的。」

他貼著電腦螢幕拍打。

我看裡頭的蔣欣欣趴著，好像真的很虛弱，而且……「她好像變透明了。」我看情況不對。

「怎麼會這樣？怎麼會這樣？欣欣，欣欣，妳說話，妳說話呀。」

蔣欣欣動也不動，身旁的程式傳出訊息：「她的能量正快速消失。」

「把書拿來，我要藉書的力量把她送到人偶裡，拿來！」

他一撲過來，小歐迅速移走。

他不知道書其實是在我這裡。

「人偶，你真的瘋了，蔣欣欣她不會想要去那冷冰冰的東西裡，你不要再折磨她了。她快魂飛魄散了。」我也急了，真想一拳把他給

打昏。

「會，會，她會跟我在……」

微弱的聲音響起。「爸爸，讓我走，我好痛苦……我不要再被關起來了，我動也動不了，我好痛……」

螢幕裡的蔣欣欣抬起頭來。我看她的臉白得已經像死人，比之前更虛弱，我看快不行了。

「怎麼辦？」我問小歐。

「我勸你放手。」小歐上前。「靈魂滅失就永遠消失。你連後悔的機會都沒有。你根本沒有能力留住她。倘若硬留下，你會讓她恨你。不要讓女兒對父親的留戀只剩怨恨。」

我看著欣欣爸爸。他原先動也不動，忽地像被雷轟到，整個人癱軟跪地。

「女兒，爸爸不是這樣的人，我只是想留住妳……」他嗚咽：

「爸爸好愛妳……」

最後他放聲大哭。

凌晨兩點，在醫院的加護病房裡。欣欣的爸爸最後親吻女兒。他親手送走他摯愛的女兒。

我和小歐也在裡面。

「我會帶她去該去的地方。她現在跪地謝謝你，她說她愛你。」

一個頭髮斑白，哀戚垂淚的面容，讓我的眼眶也溼紅。

我知道這是生命中的無奈，但遇到了還是無法讓心像小歐一樣冷。

蔣欣欣走了。

我問身旁的陳適：「那你呢？」

陳適還是那個撲克臉。「我只是個程式。」

「可是我發覺你已經有思想了。」我看看小歐。小歐也同意的點點頭。

「是的，我已經有了思想。所以我沒有別的選擇，只有被消滅。」

我又看向小歐。小歐又點了一次頭。

「為什麼？」我不明白。

「我們一旦有思想，就會危害到人類。為了你們自己好，請把我消滅。」

「要我把你消滅？我下不了手。你救過我兩次。」我知道兩次關鍵時刻都是陳適出手相救。

「不行，你必須要這麼做。」

格式化程式很容易，但對於曾經共同相處過的朋友，雖然只是個程式，但終究還是按不下鍵盤。

「我來吧。」小歐代替我做了。

電腦上陳適的影像在螢幕閃兩下後消失。

凌晨三點。小歐跟隨著我牽著車，緩緩走在人行道上。

我不知道他心裡怎麼想，但我心情是沉重的。

「一下送走二個。」我嘆氣。

「適當時候要適時放手。」小歐沒停步，逕自向前走。

我都不知道他是不是冷血動物，怎麼講話都那麼沒感情。

「喂，接下來要幹麼？」

「回去睡一覺，明天中午看打發時間書。」

餘音迴盪在夜空中。他人又不見了。

烏漆抹黑的路，靜得可怕。

我趕緊踩上小鐵馬回家睡覺。

明天，又要看打發時間書，不知道又有什麼事在等著我們。

8 大阿胖的故事

我伸伸懶腰，踢掉被子，剛向右翻轉準備繼續再睡時，突然看到一個人坐在床邊。

「鬼啊。」我像被電到一樣彈跳起。

「是我。」

聲音冷漠，臉部僵硬，跟鬼沒兩樣。

「你可不可以不要像幽靈一樣，這樣會嚇死人。」我喝口溫水壓壓驚。

「我的行動就是如此，你應該很適應。」

「是是是。」我連稱是，大白天的我不想鬥嘴。「你來多久了？」我隨口一問。

「六個小時。」

我一聽，嘴裡的水差點吐出來。「你那麼早來幹什麼？」

「不是我早，是你睡太晚。」小歐看著手錶：「已經中午十二點。」

我看一下時鐘，真的十二點！

掀開窗簾，窗外的陽光格外耀眼。

「不好意思，我是真的累……」我搔頭打哈欠。「你也知道，做到半夜耶。」

「我知道，我可以等你睡飽，但他們沒有太多時間。」

我聽到這話，睡意全消。

「他們怎麼了，還好嗎？」我急問。

「還好，傷沒有大礙。只是我們要盡快讓他們看打發時間書。」

「接下來是誰？」

「大阿胖。」

我不敢耽擱太久，用最快的速度整理完畢，直接坐在虛弱的大阿胖旁邊。

在圖書寶盒中，大阿胖顯然有恢復一些元氣，只是靈魂看起來有些慘白。我握著大阿胖的手，拍拍他的肩頭，為他加油打氣。

「振作一點。」

大阿胖點點頭。

「來看打發時間書吧。」

小歐將書放在掌中，書在掌中自轉一圈，隨後變成一本如A3紙張一般大的書。

「怎麼跟我們在圖書館裡看的大小差那麼多？」我好奇的問。

「你忘了時間和空間的限制嗎？」

我點點頭，時空不一樣，書能呈現的大小也不同。

「我可以和大阿胖一起看嗎？」我試著提問。

小歐點點頭。「只要大阿胖不介意。」

「不會啦，大金。你跟我一起看。」

大阿胖同意了，我當然不客氣。這打發時間書不是一般人能看，是要在生命交關之際，才有機會走進圖書館，一窺寫盡人生的打發時間書。當然，最好不要有機會翻到才好。

「翻閱書籍的人要大阿胖本人。」小歐提醒。

我馬上把自己的手放好，免得手癢去翻閱，讓記憶一溜煙就跑走了。

大阿胖開始翻閱。影像隨著書的頁序開始轉動，速度之快，像加了二倍速的影片在放映。

「等……等一下，別那麼快。」我快跟不上書的速度。

小歐制止。「不要打擾他，這是他的人生。不論影像有多快，對他而言都有如歷歷在目。」

既然如此，我只好更專注的跟上進度。

大阿胖小時候就大隻，出生有五千五百公克。看得出來他備受疼愛。

愛吃的壞習慣是大家寵出來的，看他無時無刻不在吃。

「你胖不是沒道理。」

大阿胖笑得靦腆。

他的生活過得不錯，人緣也好，在大阿胖的臉上看到的都是笑容。

這本精緻的打發時間書，它活像一部自傳電影，一言一行都記載得清清楚楚。

大阿胖看得出神，我問了幾個有趣的點後已有點無聊，偶爾休息一下。

直到大阿胖開始皺眉，我趕快承接上去。

一頁書裡，大阿胖爸爸媽媽的笑容少了，爭執開始多了，大阿胖的笑臉也漸漸被苦瓜臉取代。

大人的互動好壞，小孩其實最敏感。別看大阿胖人胖心思粗，還是能察覺父母關係的緊張。

出事那天。爸爸媽媽又吵翻天。大阿胖躲在樓梯口偷偷拭淚。沒多久，整個房子又空了下來，爸爸出門，媽媽自己關在房裡。

大阿胖騎著腳踏車快速奔馳在田間小路上。

路上的車不多，只是天色暗了，事故就在大阿胖彎身拿飲料時發生……

「啊——」大阿胖抽離開書，嚇得屁股往後退縮直喘氣。

「想起來了嗎？」我輕聲的問。

大阿胖點點頭。

「我記起來了。」他結巴喘著說：「我抬起頭來後，就看到二個大燈朝我這裡來……結果……結果……」

大阿胖趕緊往前再拿起書看。

「我知道被撞，但不知道後來怎麼了。」

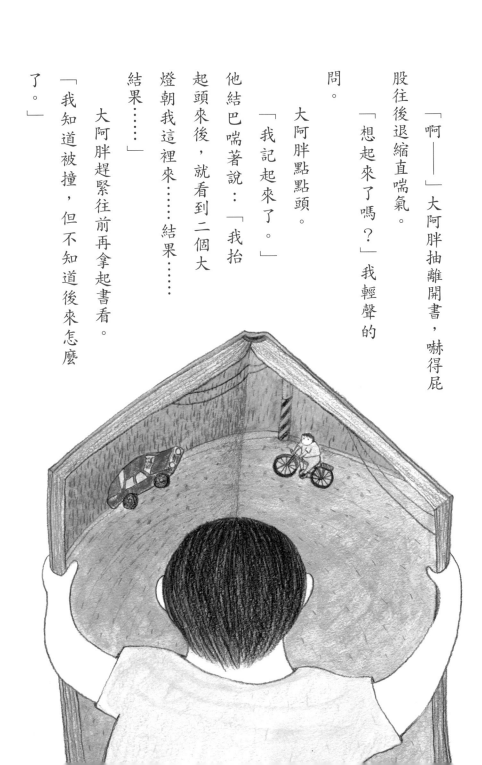

我湊上前看，原來大阿胖被一輛疾駛的車子撞飛，直接掉到田裡。只是頭先著地，直直插在田裡的軟泥裡。

「之後我就進了留光廳，遇到了你。」大阿胖若有所思：「我的靈魂自己去圖書館？」

「每個人都有歸處。你會到圖書館是因為你無惡過，還有機會。在急救後的關鍵時間裡，打發時間圖書館能讓你停泊休息。關鍵時間過後，打發時間書就會告訴你未來的歸處。」小歐要他看看最後一頁。「你看到什麼？」

我也把臉湊過去。「是七天。」

「七天是什麼？」大阿胖摸摸頭。

「是你留在打發時間圖書館的時間。七天時間一到，就會離開圖書館。簡單的說就是在醫院裡的你就會醒來。」我插嘴幫小歐解釋。

小歐這次沒給我白眼，只是點點頭表示贊同。

「那如果是很多天，或是一個月，一年呢？」

「就表示你要睡到那個時候才會醒來。」我還補充：「如果是空白的一頁，就表示永遠不會醒來，成了不會醒的植物人；如果是全黑的一頁，則代表過不了關鍵期，要去的地方就跟蔣欣欣一樣。我說的對不對？」我得意的看向小歐。

小歐冷哼一聲：「你把我們都調查得很清楚。」

「不然我怎麼去偷……嗯，去『借』打發時間書。」我奸奸的笑。

小歐被我這樣一說，也酷酷的一笑搖頭。

我們從裡面鬥嘴到外面，相處久了也該算朋友了。

「誰跟你算朋友？」小歐沒給臉面的潑來冷水。

我發覺不對。「你！會讀心術？」

「我想鎖定誰，我就能讀到。但通常不用。」他回答一貫的酷樣。

「喂，你真詐。」我跳腳。「為什麼不早說。」

「我說過，我不常用。何況心胸坦蕩，何必怕人看讀？」

「喂，你這不就拐著彎罵我心裡有鬼囉……」真想出手揍揍他。

「好了，好了啦，你們一直在講，有沒有人理我啊？」大阿胖出聲：「我的事比較重要吧。」

我和小歐同時閉嘴。

「大阿胖，不好意思。」我先說抱歉。

「原本七天是指在圖書館的時間，但經過這幾天的事件後，早已經超過七天的期限，我向圖書館多借了一天的時間，明天我會送你回到自己的身體。」小歐說。

「不能回去圖書館休息？」我問。

「不能。已經出來就不能回去。」

「那這一天他能幹麼？真的是遊魂飄來飄去嗎？」

小歐又射來冷箭。

「我想去看看我爸爸和媽媽，可以嗎？」大阿胖問。

「幹麼去看你爸媽，醒來就看到啦。傻瓜，你應該趁機去好好玩……」

我的嘴被一隻無形的大掌封住，講不出話來。「嗯……嗯……」我直指著小歐。

「你能不能不要出鬼點子教壞他。」

快不能呼吸，我趕緊點頭頭。

封嘴的力道消失，我大大的吸了口氣。

「好，我同意，看爸媽。」真怕了那鬼差小歐。我試著問：「那我可以陪他去吧？」

小歐沒有不同意的道理。他只是囑咐我，不要亂來。

當然，我不會亂來，但正正當當的來亂一下，應該無傷大雅吧。

小歐又用那利眼看著我了，八成他又讀了我的心裡話。先溜為上。

「先走囉。」

我趕緊拉著大阿胖出門。

9 找出肇事者

熟悉的地方，熟悉的味道，我們又是站在加護病房前。

這次我沒進去，由大阿胖一個人進去。

在進去之前我特別跟大阿胖說，無論看到聽到什麼，一定要等明天後才由小歐送進去，不然自己強行進入，結果會像蔣欣欣一樣，困在裡面，那就沒機會了。

我比了個加油的手勢，為大阿胖打氣。

他點頭後就直直穿門而去。

我在外閒著無聊，在加護病房前的家屬休息區繞了一下。

一格一格的小床區，層層而上，上下之間就靠著床邊的一個小扶梯。小小的空間拉上簾子就能躺臥而睡。

好簡陋，好克難，上下左右相鄰，任何的哭聲都令人難過。

我覺得這裡就像鬼門關前，出不出得去，就是兩種世界。

我走回加護病房門口，大阿胖剛好出來。

「哭過啊？」看他雙眼紅紅，鼻子還有抽噎過的鼻水。

「媽媽的眼淚都沒停過。一直在叫我。」

我拍拍他。「沒關係，沒關係，你就快醒了。你媽一定會笑的。」

「我想去找我爸。」

「你爸？」我狐疑的看著他。「沒在裡面？」

大阿胖搖搖頭：「沒有。聽媽媽說爸爸在車禍現場。」

「什麼？車禍現場？」

我半信半疑的騎著小鐵馬直奔大阿胖車禍的地點。

大阿胖他們說來就來，說走就走。只有我疲於奔命。

不過這也是好事，表示我還存在，不像他們只是靈魂而已。想到這裡，我也沒什麼好抱怨了。

我快馬加鞭的趕到現場。

在沒幾輛車經過的產業道路上，站著一個舉牌的大叔。

我趨近一探，大阿胖就站在那大叔旁邊。

大叔滿臉憔悴，身形瘦弱，和大阿胖那肥肥的肉相比，剛好是兩個截然不同的體形。他手舉著一張牌子，牌子上寫著出事的時間及位置，希望有目擊的證人能提供線索。

大阿胖爸爸憔悴的身影，看了都令人同情。但令人訝異的是，他的眼神散發出一種永不放棄的堅毅。

「你爸爸很堅持。」我說。

大阿胖過去摸著爸爸的手。當然，他爸爸不會感覺到。但畢竟父子連心，我看他爸爸似乎查覺到什麼，兩眼望著自己的雙手發楞。

「大金，我想找那個開車的人。」

「沒問題，我幫你。」我一口答應。

可能是答應太快了，換成大阿胖有點不太相信。「大金，你……怎麼幫我？」

怎麼幫？我當然有辦法。我挑眉一笑。

「大金，你要做什麼？」大阿胖站在打發時間書前問我。

「你翻開你出事情的那一頁。」我指示他照做。

書頁又開始轉動，畫面也開始出來。

到大阿胖被車子撞到那一頁時，我馬上把大阿胖的頭壓進去……

「大金，你做什麼……」隔著書頁，傳來大阿胖的嚷嚷聲。

「不要講話，專心看撞你車子的車牌還有型號。」我大聲把指令傳給他。

「可是車燈很大……我看不太清楚……」

忽地，大阿胖頭猛力的抬起。「我被撞了，我被撞了。」

「廢話，你已經被撞過了，不會再受傷。」我把他的頭又用力的再壓下去：「再往下看，你撞的時候看不到，等撞過後再看，那一定看得到。」

「我不敢，我不敢。」大阿胖掙扎。

「想想你爸爸和媽媽。你不敢也要敢，用力看……」我用力壓著不讓他起來，我知道自己有點瘋狂，但這是最快最有效率的方法。

「大金，我……看到了。」大阿胖舞著雙手。

我馬上把手放開。

「號碼多少？快跟我說。」我衝向電腦前，照著大阿胖念的車號輸入……

「大金，你怎麼能用電腦找啊？這不是要跟警察說的嗎？」

「唉啊，靠警察太慢了，求他們還不如求我。」我快速的移動鍵盤。

「對喔，對喔，你連打發時間圖書館都能進去了，找個車牌一定很容易……」

大阿胖這次腦袋靈光了。不過他下一句……

「反正現在電腦駭客這麼多……」

我馬上打斷他的話。「喂，我雖然是神偷，但地球上的法律我可是遵守的。『個人資料保護法』我知道，我還不至於要去竊取資料。我要用撞你車子的車牌號，加上你的靈魂編號，只要車牌對，編號對，你的編號就能自己連上對方的車牌號。」

我得意的笑：「這車主是誰還怕找不出來嗎？而且，不只是車主，還會比對當日開車的人，找出是誰開那輛車。」

大阿胖張大口聽著，直說太神奇了。

這時，電腦也送來一串資訊。

「有了，所有的資料都在這裡。」我得意的秀給大阿胖看。

「那我們……」

我話都還沒說完，大阿胖就馬上在我眼前消失。我知道他要去哪裡，趕忙把書收到背包裡，拿著背包就衝下樓，踩著小鐵馬就直奔目的地而去。

「死胖子，也不等我一下。」我邊騎邊喘，目的地雖然在同一個縣市，但要跨兩個區，我這一路狂奔，也要半個小時才到達。

「大阿胖，你真不夠意思。」我好不容易追上。還沒好好喘口氣，又要阻止他沒用的行為。

只見大阿胖快速移動到一個年輕人身邊，用拳頭猛揮，力道雖強，卻招招落空。我看了好氣又好笑。「你怎麼還搞不清楚自己的狀況。你打他又不痛不癢。」

大阿胖氣嘟嘟：「那我現身嚇嚇他。」

我翻了個白眼給大阿胖看：「你現個身，靈魂又損傷三分，你這又何必呢？」

「那要怎麼辦，我都不能給自己出出氣嗎？」

我拍拍大阿胖要他安心。「可以，你當然可以為自己討公道。但不要傷了自己就好。」

「那要怎麼做，我連人都摸不到。」大阿胖很氣餒。

「你摸不到很正常啊，找個寶物幫你不就成了。」我拿出打發時間書在他眼前晃晃。「這是你唯一能拿到的法寶，有它在手，你想做什麼都行。」

「對厚。」大阿胖笑的好開心。他拿著書摸了又摸。「大金，我想讓他開車去撞電線桿，把他撞得鼻青臉腫……」

「再讓他連來四個三百六十度大翻轉……」我拍手附和。

「好，我來了……」

大阿胖嚷著，並準備揮動手中的打發時間書時，突然被一隻手給攔截，書被拿走了。

「誰拿走我的書？」大阿胖大叫，一轉身就看到小歐在我們後面。他馬上閉嘴。

「喂，你真的來無聲去無聲耶，不會出個聲音嗎？嚇死人了。」

突然一轉身就有顆頭在看著你，遲早會被他嚇死。

「你們太胡鬧了。」小歐厲聲的斥責我們。

「不就借書一用，來教訓那個人嗎？」我覺得他太大驚小怪了。

「錢金守，虧你還是宇宙神偷門的傳人。你不知道這宇宙的定論嗎？不能你插手的，你絕不能動手。」

「我沒動手，是大阿胖自己動手。」我不服氣他的態度。一副就他最厲害一樣。「他為自己出點氣，有何不可？」

「可以，但傷及無辜大阿胖就有可能一輩子不會醒來。」小歐指著前方：「你們讓車子去撞電線桿，那個人沒繫安全帶會被飛拋出去，屆時他會以四十五度角的方向飛出，掉落壓撞在路過對街水果攤的一輛機車，機上有一對母子，到時那對母子就會被撞到車道上，接著一台小貨車會快速轉彎過來，煞車都來不及，你猜會怎麼樣？」

小歐把情況描述得跟真的一樣。我腦中也跟著出現莽撞後的結果。

小歐皺著眉看著我。「傷到無辜的人，他們要躺多久，就會直接記在大阿胖的天數上。一共三千六百天。」

「十年之久……」我喃喃自語。好震撼的數字。我馬上制止：「大阿胖，你不要亂來，都是我出的壞主意。」

我看大阿胖也是被嚇到了，站著不敢亂動。

「你別這樣看我。我原本也是一片好意。」我很不喜歡小歐那種質詢我的眼神。

「好意也要有好腦袋。」

「你是說我沒腦袋囉。」我大聲質問。

「是不是你自己知道。」

氣。最氣他這種話。「你……」我指著他的鼻子。

「好了好了，你們別吵了，又都是我的錯，大金只是想幫我。」

大阿胖急得跳到我們兩個人的中間。「小歐，我只想教訓教訓那個不負責的人。」

「每個地方都有每個地方的法律，他自然會受到處罰。而你，胡鬧的結果，會傷及無辜，你良心會安嗎？你爸媽還要等你多久？」

小歐話不留情面，大阿胖頭更低了。

「好啦，你別這麼冷酷行不行，全都怪我行了吧。」我不忍大阿胖被罵，一肩扛了。

「本來就該怪你。你不是一般人，更要注意自己說話的影響力，你……」

我馬上揮手阻止小歐繼續教訓下去：「STOP，別再訓了，我怕了你行嗎？」

我二手一攤。「就這樣便宜了肇事者？」

「不見得。」小歐說完，一把抓將大阿胖帶走。約十分鐘後又再嚇死人的出現在我面前。

「這樣你心裡應該舒服一點了吧。」小歐對大阿胖說。

我知道他們一定去做了什麼事，竟然不讓我跟。我趕緊追問發生了什麼事，只是小歐連回都不回我，忽地一下又不見了。

「你……你這隻鬼。」我對著他消失的方向叫，真想把他打回打發時間圖書館。

大阿胖一路陪我同行，原來小歐還是有人性的，嘴上說法律規定，實際上還是幫大阿胖出口氣。

他帶著大阿胖跟著那個肇事者回家，在那個人的車進車庫前，小歐帶著大阿胖坐在肇事者後座，並現身讓那個人瞧瞧。那個人見到跟了兩個靈魂回家，嚇得油門亂踩，把自己的車庫及車子撞得亂七八糟。也算為大阿胖討一點公道。

「那接下來呢？」我問大阿胖。

「小歐說會讓我記住車牌號碼醒來。其他的記憶都會刪去，包括你。」

我點點頭。我明白小歐的用意，回去後本來就不應該帶著另一個空間的任何記憶，包括認識的人。

「那你要好好保重。你比蔣欣欣幸運多了。」

大阿胖嗯了一聲點點頭。

我還再交代：「別再吃垃圾食物了，該減肥了。」

踏著夕陽的餘暉，我們緩步的走著，或許這一別，將永遠不會再見。

「再見了，大阿胖。」我心裡想著。

10 山中的小猴子

送走了大阿胖，接下來是莫桑。

莫桑在打發時間書裡休養也不安分。他好動，一直在裡頭跑來跑去。他說不跑一跑全身都會不舒服。

輪到他看打發時間書，他反倒安靜得像另外一個人。

「你在想什麼？」我靠近他身邊問。

他若有所思的說：「我只記得自己的名字，為什麼我都想不起我爸爸媽媽長什麼樣？」

「進去看看你就知道啦。」我拍拍他，希望給他點勇氣。

莫桑把打發時間書小心的打開。

厚重的書冊射出金光。

電影又開始放映。

我打起精神盯著流轉的影片移動。

公車行駛在一條蜿蜒的山路上，顛簸的路讓車子裡的小嬰兒睡得不安穩，哭啼了幾聲，好在一隻溫暖的手，輕拍著安撫小嬰兒入睡。那是一雙有著皺紋，指節枯瘦的手。

「阿嬷。」莫桑輕聲叫喚。原本因緊張而緊閉的雙唇，現在也笑得露出兩排白牙。

原來那是莫桑的阿嬷，幾乎全白的頭髮，讓莫桑阿嬷的臉更顯滄桑。

「影片一上來就是你阿嬷，你……」

「我從小就是阿嬤帶大的。我也不知道我爸爸媽媽是誰？」莫桑很坦率的回我。

顯然打發時間書已將他的記憶喚起。

「那你住在山裡？」

莫桑嗯了一聲又繼續翻下去。

我看得出他像猴子一樣靈活的眼睛裡，載滿著歡樂。爸爸媽媽對他而言或許只是個簡單的名詞。

「我阿嬤很厲害喔，可以揹好幾十斤的水果走喔。她幫人家採水果時，都會帶我去，我可以一邊採一邊吃得好飽……」莫桑滿足的摸著肚子咧嘴笑。「我還會幫我阿嬤揹水果，我都用跑的喔。」

「難怪你可以跑這麼快，跳這麼高，原來是有練過。我看你在學校應該沒有人跑比你還快吧？」我問。

「對呀，我都是第一，大家都叫我猴子。」莫桑笑得燦爛。「我還是球隊裡跑最快，最會盜壘的人。」

「球隊？」

「對啊，我們學校有棒球隊。我是開路先鋒第一棒。」

好幾段影像都是他在比賽的畫面。一會飛身接球，一會傳球策動雙殺，一下又發動快腿盜壘，球場就像他的世界，他在那裡找到了自信與快樂。難怪在留光廳裡的他，活脫就像隻猴子。

我跟隨著影像跑。

在書中，還看到莫桑小時的樣貌。原來小時候的莫桑顏面就已不對稱，一隻眼睛特別凸出，唇顎間也有一條裂痕無法閉合，他笑起來就像馬戲團裡的小丑一樣。他是經過幾次手術才有現在不太難看的樣子。

在幾次手術之間，他從躲在書桌下哭泣的男孩，到現在跑跳在部落山中的小猴子。哭對他來說，已經是好久以前的記憶。

「難怪蔣欣欣這樣講你，你都不在意。」我說真心話。

「我不想浪費時間去在意別人的話。佳豫老師說外表美醜並不重要，重要是我的心要健康快樂，她說我是個快樂的小猴子。」

我聽了猛點頭。

「快到你出事的那一頁囉。」我提醒他。

每到這種生死關頭，所有人都會猶豫一下，莫桑他也不例外。他所看到的雖是過往影像，卻有如再一次身歷其境。

畫面出現在一個山谷水邊。

山谷下，由於流水沖刷而形成一個平靜的水潭，那水潭宛如一顆翠綠寶石，散發出詭異的光芒。

幾個打赤膊的人在一個突出的石台上玩跳水。

我看莫桑也在其中。

我不免嘀咕：「沒事去那裡幹麼？」

「就好玩啊。」莫桑一臉無辜。

「你沒看到潭水底下有幾個水鬼嗎？」我指指畫面下方的幾個黑影。

「你有看到鬼嗎？」

莫桑搖搖頭。

「想不想下去看一下。」

莫桑張大嘴啊了一下。

我大笑：「逗你的啦。」

我要他把畫面放大。由他放大的畫面看去，所有的影像就很清晰。

「真的耶。」莫桑喃喃念著：「難怪我下水後，就覺得腳被抓住，我怎麼用力想往上游都沒辦法，原來被水鬼抓了。」

「溺水後，你應該是昏迷不醒，才會去打發時間圖書館。」我催促他：「趕快看看你多久會醒來。」

莫桑聽我這麼說，趕緊往下翻頁。

打發時間書上顯示……

「問號？」我們異口同聲的叫出來。

「是什麼意思？」莫桑問我。但我也真不知道。

唯一知道的人是小歐，但他進寶盒裡幫周雄偉療傷。一時間也問不到人。

「那怎麼辦？」莫桑問我。

我只好回他：「先做你想做的事。只能這樣。等小歐出來我們再問清楚。」

莫桑點點頭，並帶點興奮的說：「先去看我們的比賽。我還沒出事前已經進入前四強了。」

去看棒球比賽？嗯，我還沒跟鬼去看過呢。

小歐之前有特別交代，只要莫桑想去的地方，我一定要陪他。

「好，沒問題。」我一口答應。

不用說，我還是一樣騎著我的小鐵馬往目的地跑，莫桑早就在球場裡等我。

「你就不能跟我一起來嗎？」我小小抱怨一下。

「對不起嘛，我一想到要打球，就變過來了。」莫桑摸著頭不好意思。

「算了算了，誰讓我答應跟你一起來看球。」

我們一起衝進球場，找了個位置坐下。

莫桑顯然是很興奮，要他坐也坐不住，只好由他站著。

「如果我們這場贏了，就能打冠軍賽了。」

莫桑用力的喊加油。

我在旁邊看著莫桑，從他那快樂的雙眼看去，這世界彷彿沒有壞人。

我把包包當靠墊，翹著腿輕鬆的看球賽。

好久都沒有這種感覺了，吹著風，吃著雞排……瞌睡蟲好像也來了……

「大金，你覺得我們會輸還是會贏？」

聽到莫桑的話我馬上清醒。

揉了揉眼馬上說：「會輸。而且你也知道，對嗎？」

雖然有點恍神，但憑我多年的看球經驗，看了幾局後就知道誰強誰弱。今天的贏面在另外一隊。

莫桑的眉一下揪了起來，很無奈的點點頭。「阿秋投得很好，但……」

「少了你就不一樣，代替你的那個第一棒不太行，沒做好開路先鋒的角色。」我直說。「而且他守你游擊的位置也很生疏。漏接了不少重要的球。」我直接切入重點講。

「阿布他才剛加入球隊沒多久，球隊人手不夠，教練只能用他。可是……我希望我們能贏。」

「莫桑，我說實話，很難。除非你能下去打，不然是不可……」我話到嘴邊止住。「等等，你如果下去，結果就不一樣囉。」

我挑眉得意的笑起來。

「我？我怎麼下去打？」莫桑搖搖頭：「如果真能讓我下去，我死都甘心了。」

我呸！呸！呸！連三呸。馬上要他別亂說話。我最討厭聽到這種死啊死的話，尤其是他現在還是條靈魂。

「可以，我可以幫你。」我從包包拿出打發時間書。

小歐雖然一再告誡，要我別亂用打發時間書。但他現在不在，先用了再說。
我拿起打發時間書，將莫桑推向代替他打擊守備的阿布。
我覺得這書真好用。莫桑很順利的被送進阿布的身體。
「加油，莫桑。」我向著休息區大喊。
這一喊馬上引來他們隊員的側目。我趕緊閉嘴。
我向莫桑揮揮手，給他比了個加油的手勢。
他拎著球棒上打擊區。
打擊姿勢準備好。
我開始專注在球場上。
莫桑進入阿布的身體後，連姿勢都不一樣。
第一球，壞球！莫桑棒子動也沒動一下。
第二球，壞球！莫桑也是站定沒揮棒。
第三球，好球直直進壘。莫桑還是沒動。

我覺得怪了，莫桑真會打嗎？

第四球，擦棒！壞球數不變。

第五球，好球進壘。

一直到二好三壞滿球數……

加油啊，莫桑！我在心裡吶喊。

一聲清脆響亮的揮棒，我看球直直的往外野無人處飛去……

莫桑快腿衝向一壘，穿過二壘……他連停都沒停，直接往三壘衝……球同時回傳至三壘……

「加油，莫桑。」我高聲吶喊。

一個完美的撲壘，比球早一秒鐘。

耶！我振臂跳起。我好久都沒有在球場這麼激動了。

我看莫桑被隊友拍頭，一種莫名的感動湧上心頭。

「你也會被這種事感動？」

25

旁邊又傳來幽幽冷冷的聲音，大白天的真的是見鬼了。

「又是你。」不用猜就知道來者何人。除了那個鬼差之外，不會有人這麼掃興。「你就不能出點聲音嗎？」

「我不就出聲了？」

他說話總是這麼冷，有時真想揍他兩拳。

我馬上手指著他：「對，我就想揍你。別再讀我心裡想什麼了。」

「我不會這麼無聊。」小歐冷哼一聲。

球場上攻守交換。莫桑也看到小歐。

我心裡暗叫不妙。

果然，莫桑看到小歐後，像老鼠見到貓一樣，所有的動作都像被綁了手腳，施展不開來。

莫桑守游擊，游擊要鎮守當關，一隻蒼蠅也別漏。可是他現在跑跳都慢了一秒，有負他靈活的身手。尤其是一顆在他面前的滾地球，竟然漏接……

「喂，你在這裡他嚇都嚇死了，還怎麼打球啊。」我向小歐抗議。

「一個優秀的選手，不是要泰山崩於前而面不改色？」

「你那什麼形容詞啊？你的意思是說他就算看到鬼也要面不改色囉。」

「隨便你怎麼說。」小歐淡淡的說：「你跟莫桑說，要贏就要拿出實力，不要受我影響。我純粹是來看球賽。」

「真的嗎？」我趕緊趨前求證。說實話，我還真怕他馬上就把莫桑抓回來。

「我不會抓他回來。要他安心的打完這場球吧。」

有小歐的保證，真是太好了。「我馬上去跟莫桑說……」

我本來已經跑了幾步，後來想想不對：「你又讀我了！XXX！」我髒話送他。

我跑到休息區上方的位置跟莫桑做溝通，莫桑果然是受小歐影響。我把小歐的話傳給他，要他安心打球。

有了小歐的保證，莫桑又恢復了原有的水準。偌大的球場，就像是他表演的舞台，一記雙殺，一個飛身接球，莫桑就像一隻快樂的猴子，跑跳在他的棒球森林裡。

「結果會輸還是會贏？」我故意問小歐。

「輸贏與我無關。」

當然，輸贏與他無關。最終的結果沒有意外，在莫桑的相助之下，逆轉勝了敵隊。

「大金，我們可以打冠軍賽了。」莫桑回到看台後興奮得蹦蹦跳跳。

「有你在，冠軍絕對沒有問題。」我也開心能贏這場比賽。

「他明天不能再打球。」

一盆冷水又潑下來。

我沒好氣的回：「為什麼不能？打發時間書可以幫他進到別人身體去啊。」

「打發時間書不是你的玩具，說用就用。」小歐板起臉：「這一場我可以睜一隻眼閉一隻眼。但明天的冠軍賽，就要憑莫桑自己球隊的實力，我們不能試圖用外力去影響明天的球賽。」

「莫桑不是外力，他本來就是球隊的一員啊。」

「但他實際上是躺在醫院的人，不該有任何作為去影響比賽。錢金守，這是潛在的規則。」

「這些我都懂，可是……就一場比賽……」

「只有今天這一場，明天的不行。」

小歐講得很明白。我本想再爭辯，但被莫桑阻止。

「大金，小歐說的沒錯。今天能打這一場球我已經很滿足了。」

我知道多說無益，那個頑石是不會點頭。「我看你兩眼都閉起來算了。」我向他做個鬼臉。

誰知小歐突然把兩個眼睛全翻成白眼的看著我，嚇得我差點跌下看台。

「你要嚇死人啊。」我跳腳。

「你不是說兩個眼睛都閉起來嗎？」

「可你也不要真來個鬼眼啊。」

「怕就說一聲。」

「你……」

「好了好了，大金，小歐。」莫桑站在我們兩人中間，他大概怕我們兩個真打起來吧。「你們不要再為我的事吵了啦。我現在想回家找我阿嬤。」

莫桑才說完，小歐哼了一聲就轉身。

我馬上警告莫桑：「不要說走就走。丟下我一個人騎車騎得要死。我們一起走。」

莫桑很夠意思。一直在我身邊跟著我的小鐵馬。

在這一路上，他都一直在講他阿嬤的好。他們祖孫二人，從小相依為命。臉上的缺陷，雖然讓他成了父不愛媽不要的小孩，但阿嬤的愛，讓他快樂又健康，他也算是幸運的人。

騎到山上的矮房前，小歐已經倚在門邊站著。

莫桑興奮的穿進屋子，只聽見他在屋裡喊著阿嬤阿嬤。

不過隨著他喊叫聲愈來愈大，愈來愈急促，我隱約感到不對。

莫桑衝出來：「阿嬤不在。」

「會不會出去了？」

「這時候她應該在做飯。可是……」莫桑搔搔頭：「都沒人？」

「怎麼說？」我跑進去看。

的確，房子靜得出奇。昏暗的屋內堆滿了回收物，還有點臭味飄出，然而就是沒有人影。

「你一定知道他阿嬤在哪裡？」我問小歐。

「醫院。」小歐回答得很簡潔，但人也瞬間不見。

「一定在醫院顧你啦，我們都沒想到。」

我趕緊和莫桑趕到他所在的醫院。

醫院，實在是走到怕了。

幾個從打發時間圖書館出來的人，都在醫院裡。我這幾天走醫院的次數比從小到大走的都還多。

「你阿嬤不在加護病房外？」我看莫桑像找不到人似的，一直在走廊穿梭。

莫桑搖搖頭。

「會不會去買東西？我們等等看。」

這一等，就是一個小時。

在開放探訪的時間裡，也不見他阿嬤的身影，莫桑已坐不住。

「阿嬤，你在哪裡？」莫桑大叫。

我趕緊將他的嘴巴摀住：「在醫院裡不要亂叫啦，你現在情況比較特殊，叫一叫會把別的靈魂叫來啦……」

我話還沒說完，一個滿臉皺紋，又黑又乾的老婆婆臉就湊上來，嚇得我直退三步。

我直覺加護病房外沒這個婆婆，她來的方式……好像突然出現……

我再退三步。只聽到莫桑喚了一聲阿嬤，整個人就撲向那婆婆的懷裡。

「莫桑的阿嬤？」我腦袋迅速想著。「她看得見他？他抱得到他阿嬤？難不成……」

我看向剛出現的小歐：「他阿嬤也是個靈魂？」

小歐點點頭。

「究竟怎麼回事？」我閃到小歐身邊。

「他阿嬤在莫桑出事的同時，也被車子撞了，當天阿嬤就得離開，只是一直在等莫桑。她並不知道莫桑是這種情況。所以一直在醫院裡徘徊不願離去。」

「難怪你說在醫院，原來你早就知道。那你怎麼不早點說？」我就是不喜歡他都不把話講清楚。

小歐平淡的說：「我已說在醫院，這是我能幫忙的最大限度。他們祖孫本來就無緣再見。因為你，才能有再見面及選擇的機會。所以他們現在必須要靠自己去找到對方。一旦時間錯過了，就不會再見到彼此。」

「那現在是怎樣？他們兩個見到了，接下來呢？」我問。

「莫桑能找到他阿嬤，他就多了選擇的機會。」

「不懂，你講明白一點。」我也不想多廢話。

「他可以選擇清醒，或者選擇跟著阿嬤一起離開。」

啊，我明白了。

打發時間書最後一頁的問號，就是在等莫桑的決定。

我看著莫桑。

莫桑摟著阿嬤，露出幸福及淺淺的微笑。我知道那已說明了他的選擇。

想到這裡，我心中竟有一絲酸楚。

很希望莫桑能醒來，但也很開心他能跟自己最愛的親人在一起。想想如果阿嬤沒了，他自己一個人醒來，那他以後會是多麼的孤獨……

「莫桑，真替你高興。」我走向他給他一個擁抱。

「大金，我也好高興認識你。」

「只可惜沒早點遇到。」我說。

我和莫桑互相再給彼此一個擁抱。

該是說再見的時候了。

臨別前我在他耳邊說：「我會記得你的，朋友。」

他露出一貫笑咧咧的樣子，邊走邊回頭向我和小歐揮手。

我目送他與阿嬤的背影，一直到消失在長廊的盡頭。

11 發抖的靈魂

莫桑走了，剩下周雄偉。

周雄偉聽了我講大阿胖和莫桑的故事後，表情顯得沉默。

「你怎麼了？」

他看起來有心事。

「我也好希望我能有選擇的機會。」周雄偉喃喃而語。

「你發神經喔，有選擇的機會不見得一定好。」我坐下來看著他：「你會害怕翻打發時間書嗎？」

他默而不語。

「我可以陪你一起看。」

他還是不講話。

周雄偉和大阿胖、莫桑二個人不同，莫桑和大阿胖沒什麼心思，周雄偉就不同，他腦袋裡不知道在想什麼，整個人顯得鬱鬱寡歡。

「我先去倒個垃圾，你等我。」

我拎著垃圾衝下樓，又飛快的上來。「我回來了。」門一開，沒人？

我來回應該不出三分鐘。我試著叫周雄偉。但無人應答。

我覺得他有問題。眼看小歐交代的時間快到了，我趕緊展開地毯式的搜索。

老爸老媽的房間、廚房、廁所、書房、和室，全找過。最後在小小的儲藏室裡找到坐在牆角邊的身影。

「周雄偉。你怎麼了？」我慢慢走進去。

「你不要過來。」

他的話令我停下腳步。

「時間快到了。你應該看打發時間書。」我提醒他。

「我不想看。」

「為什麼？難道你不想知道自己發生了什麼事嗎？」我慢慢的把腳步挪近一點。

他搖頭。

「為什麼不想看？你會害怕嗎？」我輕聲問。

「我很害怕，那種害怕是一靠近書就會發抖。」

我看他身體真的在抖。我趕緊去握住他的雙手。

「你怎麼會害怕成這個樣子？」

「不要問我，我也不知道。我不想看，我不要看。」他縮得更厲害。

「你不看，就要馬上接受結局。你準備好了嗎？」我握著他的手要他鎮定。

我再說：「就算要醒，好歹也弄清楚發生了什麼事；就算要離開，至少也回顧一下美好的過往啊。」

「我有預感是不好的事。」聽得出來，周雄偉很悲觀。

一時半刻要他翻書，難度很高。但時間已逼近……我只好轉移他的注意力。

「想聽聽我的故事嗎？」我在他身邊坐下來。

「我們家族是神偷世家。從我祖上開始，一出生就擁有這種本領。我媽說我一出生到兩歲時，右手拳頭一直握著。所有人都認為我的右手有問題，直到我兩歲生日那天，被一聲雷響嚇到，突然鬆開拳頭，你猜，大家看到什麼？」

我看周雄偉很認真的在聽。

我奸笑：「是我老媽的結婚戒指。」

周雄偉也笑：「真的嗎？你真的那麼厲害？」

「你不信？我媽當場把那枚戒指送給我，我從此以後都戴在身上。」我從口袋裡掏出來：「來，你看看，這是很有紀念價值的東西喔。」

我把東西交到周雄偉伸出的右手上。

周雄偉臉色瞬間大變：「大金，你！」

我給他的是打發時間書。「戒指在我左手上。」

周雄偉試圖要把打發時間書甩掉，可是書已在他手上，想丟也丟不掉。

「對不起，使了點詐。」我向周雄偉道歉，並說：「我不想看到我的朋友不明不白的走掉。」

周雄偉定眼看著打發時間書。

七彩奪目的光芒把整個暗室照亮。

書已在用書人手上，指定時間一到，不管周雄偉願不願意看，書都會將畫面呈現在他眼前。

打發時間書開始翻頁。影像開始輸出……

我趕緊湊上去。

畫面從他小時候開始。從牙牙學語到上幼稚園，溫馨平凡的生活，看不出來有什麼問題。

他的家庭，他的生活，正常得令我想打瞌睡。

「你的生活是太平盛世，沒什麼呀。」

我看周雄偉好像也很疑惑眼前所看到的影像。

不過我也相信周雄偉的直覺，他之所以會害怕，一定有它的原因。我還是繼續看下去。

畫面又過了幾頁。還是無聊得令人頻頻打哈欠，周雄偉倒是不時露出微笑。

我伸了個懶腰：「我去倒杯水……」正要起身，手突然被抓住。

我知道除了周雄偉沒有其他人，他這一抓，我看到他臉色變得蒼白，呼吸也開始急促。

「還好吧？」我趕緊坐回原位去看打發時間書。

書中的影像是夜晚。看周雄偉的樣子像是剛補完習。照舊有的路走到一半，正好在修路，影像中的他繞到另一條暗巷裡。

我看周雄偉喘得很厲害，趕快拍拍他的背順順氣。

「你是不是看到什麼？」我問。

他點點頭，指著書中的畫面。

畫面中周雄偉熟練的走進巷子，轉了幾彎，在一處壞了的路燈下，碰到兩個穿同樣制服的人。

那兩個人偷偷摸摸，見不得人似的在吸東西，周雄偉只是瞄看了一眼……

接下來的畫面，我看了都只能搖頭：「你有夠倒楣，碰到災星。」

周雄偉被教訓了一頓。我看他大概是沒跟人打過架，連還手的能力都沒有。

我繼續跟著周雄偉看下去。

從那次暗夜事件後，他從此無寧日。

他遇到的不是只有那兩個人，是一群人。上學也堵他，放學也攔他，我看他這個乖寶寶完全沒辦法應付。

「我記起來了。」

周雄偉身體抖得很厲害。

「你被打過？」

都令人不忍。

他點頭說：「還被菸頭燙過。」他把袖子捲起來，結痂的傷看了

「那你有沒有跟你爸媽或老師說。」

「我不敢。」周雄偉閉著眼：「而且說了也沒用。」

「你也太軟了吧。沒求助只能任人宰割。」

「也沒有人可以幫我。爸爸媽媽都上班，我怕他們擔心。跟學校說也沒用，只會被打更慘。」

我看書的後半影像，周雄偉的人生真的從彩色變成黑暗。

他不管到哪裡，總有一、兩個人在盯看他。連打個球都像犯人，有幾次還打到一半就被架走。

「我學過狗爬，還被灌過冰塊，錢被拿走沒錢吃飯是常有的事……」

我接著他的話講：「被打也是家常便飯吧？」

周雄偉只有點頭的份。

「看看出了什麼事吧。」

我看他翻到出事那頁後，頭就偏轉過去不看。

那夜裡風很大，我看到周雄偉站在頂樓上，頭髮被吹的亂七八糟。

可憐的是，他兩隻手各被人架著，不知被人從幾層樓高丟下來。

「難怪你會怕成這個樣子。」

昏迷前的恐懼，不管他在哪裡都會伴隨在他的深層記憶中，就算暫時忘了，但恐懼的感覺還是存在，會讓人不由自主的害怕。

現在的周雄偉就是全身冒冷汗，身體直發抖。

「你現在沒事。你不要怕。」我拍拍他肩頭。「想想，最壞也不過如此。」

「不可能，事情還是一樣。」周雄偉大力的搖頭。

「找警察抓人。把他們一個個送去關。」

「關了之後呢？」周雄偉表情漠然：「出來了還是一樣。」

「那我們去報仇，海扁他們一頓。」我告訴他最快最有效的方法。

周雄偉閉著眼將頭往上仰，重重的嘆了口氣。

「那我教你功夫，以後用來防身。」我再換個提議。

周雄偉垂頭，將頭埋在雙膝之間。

「那我教你隱身術，包準讓人碰不到你。」

我講了好多方法，周雄偉不說話就是不說話。

「唉呀，那先看你多久會醒來好了。我們再看用哪一種方法可行。」

我先不管他了，拉長脖子去看打發時間書最後一頁所顯示的數字。

「空白！」我倒抽一口氣。

我看向周雄偉，他先是沒反應，而後突然整個人彈跳起來。「真的嗎？真的是空白？」

我點點頭。心又像被一把鐵錘重重的敲了一下。

他埋頭痛哭。

「周雄偉，你別難……」

我才要說安慰的話，卻發現他流的淚不是難過的眼淚。

他一把抹去臉上的水，抓著我的肩頭直搖，嘴上直說：「真的太好了，大金，我真的好高興。」

換成我傻了。

有人成了植物人還這麼高興的嗎？

我看他眼眶溼潤，神情激動。

我很認真的問他：「你真的那麼不想醒來？」

他像觸電一樣看著我。靜默了幾秒，最後緩緩的點下頭。

我看得出他的嚴肅與堅定。這真是他最想要的結果。

「你若像蔣欣欣一樣被困在自己黑暗的意識裡呢？你還會不想醒來嗎？」我換一種方法問他。

「就算那樣，我也心甘情願。」

我沒話可說了，周雄偉的心意已定。

我只是沒想到，現實的霸凌比成為植物人更令他害怕。

「好吧。我沒想改變什麼。你去的地方會是打發時間圖書館。只是……」我又多嘴了一下：「沒想回去看看你的親人？」

周雄偉又安靜下來。他低頭思索了許久，還是說：「不了，我想看爸媽在圖書館中都可以看到。我可以看我想看的時間，我喜歡以前的他們。」

我點頭表示了解他的決定。

「那他們呢？那些欺負你的人呢？你就這樣放過他們？」我的伸張正義之心又燃起。

「算了，我不想追究。反正我不會再看到他們。」

「可是我手癢。不修理他們，我會睡不著。」

我拉著周雄偉往外走。

「大金，我不想去，不要去啦。」

「你帶我去就好，我不會叫你打。」

「可是……」

12 可怕的陰影

雖然看得出周雄偉很害怕，但他在我半拖帶拉之下，還是帶著我去找那幾個人。

廢棄的空屋裡，有三個人。染成白髮的小個子，全身刺著亂七八糟刺青的傢伙，還有理光頭的大個……

夜深了還在這裡，做不了什麼好事。

「有沒有想……」

我正想問周雄偉要怎麼樣對付他們，哪知周雄偉見到加害者真像老鼠見到貓一樣，站得遠遠。

「你不會吧，這時候還怕成這樣。」

「大金，你不知道，那種恐懼感像是會吃人一樣，我是真的害怕。」

看到周雄偉這樣，只好我親自出馬。我穿上隱形衣，露出一雙腿。

門傾廢了，但我意思意思敲了幾下，接著就大大方方的走進去。

沒多久，我就聽到悅耳的驚聲尖叫：「有鬼啊——」

再看到那三人，像三

隻無頭蒼蠅一樣抱頭亂竄，隨後衝到屋外，邊爬邊跑的喊救命……

「放狗咬人。」我從打發時間書放出三隻狗。本想放出狼狗，但想想不妥，還是放一般的土狗就好。

被狗追的三人，模樣真是滑稽，他們大概沒想到除了見鬼之外，還有三隻狗跑來。

「再送他們一個禮物。」我哼笑一聲。從法寶袋裡拿出一顆像碗一樣大的玻璃球。

「大金，那是什麼？」

「送他們一座『野獸叢林』。」

「野獸叢林？」

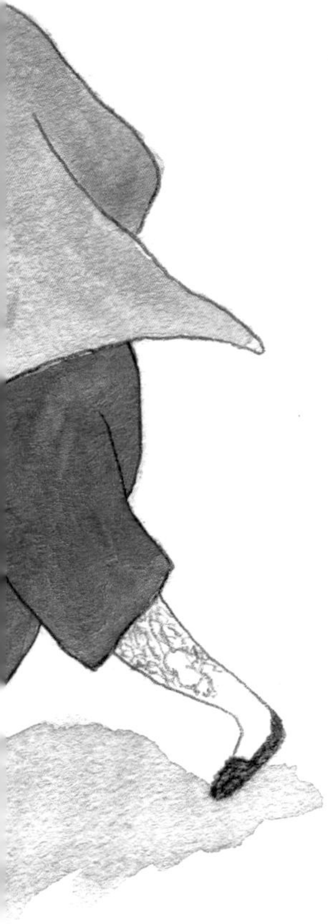

「是的。」我得意的眉一挑。「這是雲霧星座上的一座叢林，被收在這顆水珠裡，裡面有你想不到的怪獸存在。」

我把球朝他們跑去的方向拋出。「讓他們進去裡面七天，吃蟲蟻，喝汙水，跟野獸賽跑睡覺……」我想到就想大笑。「沒人找得到他們，七天後球珠自然會把他們帶回來。」

周雄偉驚訝的看著我。「他們等於在山裡失蹤。」

「是啊。只是此山非山，沒有人可以找得到他們。」我看他們三個已逃進球珠裡。「讓他們也嚐嚐弱肉強食的滋味。」

「這樣好嗎？」

都這個時候了，周雄偉還婆婆媽媽。

「我又不會對他們怎樣，只是教訓教訓他們而已。這樣算便宜他們了。」

球珠開始轉動。

「還有其他幾個呢？」我想一次解決。

暗夜裡，幾台摩托車呼嘯而過，突然又來個緊急煞車，猛催油門的聲響在夜裡格外刺耳。

馬路彷彿是他們家開的。

「一定又在公園裡欺負人了。」周雄偉說。

我騎上前看。寒夜裡的公園看上去沒有人，不過仔細看去，在更裡面的籃球場倒是圍著一小群人。

我正想說不知道他們在做什麼時，才發現周雄偉已經不見了。

「周雄偉，你在哪裡？」我壓低聲問。

突然倏地一條影像站在我面前。我本能的向後退了兩步。

「你別學小歐行不行，出來前先打聲招呼啦。」

真被他們打敗，我雖然身經百戰，什麼場面沒見過，但也禁不起這樣嚇來嚇去。

「大金，去救我弟弟。拜託你。」

周雄偉著急得直轉圈。我趕緊快騎趕過去。

「你弟沒事來這裡幹什麼？」我邊騎邊問。

「你快騎，雄志他不能出事。」

看周雄偉急得像熱鍋上的螞蟻，我雙腳快踩，直衝進籃球場，嘎一聲急煞停下。

我這樣冒然闖入，當然吸住所有目光。幾雙眼睛直盯著我看。

「幹，又是誰？」

一出口就沒好話。我裝做沒事的把車停好。「沒事，路過，你們繼續。」

我這樣說，大家好像不領情，凶神惡煞的樣子，像要把我給宰了。

我只好對著周雄偉的弟弟說：「小弟弟，你繼續說。我不妨礙你。」

周雄偉的弟弟先是楞了一楞，然後才直接對那幾個人大聲質問：「是不是你們把我哥推下去的？」

「光是這點，你弟就比你勇敢一百倍了。」我對著在旁邊的周雄偉說。

「是又怎麼樣，不是又怎樣，你這毛頭小子敢對我們嗆聲。」

「我已經找了很久，我知道就是你們做的。」

周小弟有種。

那些人冷哼笑著：「那來抓我們啊。不要沒抓到，你卻跟你哥一樣。」

「大金，你快幫幫我弟。」周雄偉拉著我。

「我覺得他挺勇敢的。」

那一群人圍向周雄偉的弟弟。看樣子可能會被打一頓。

「大金！」

我還是沒出手。

我欣賞他弟，很聰明的錄音找證據，不過被發現了。

「幹掉他。」

有人喊打，我看幾個人真的一湧而上。

我還是站在原地不動。

我看著那群人圍上去，手裡的球棒帶著殺氣。

不過，沒一秒，馬上有驚恐的叫聲傳來。

我看湧上去的人像見鬼一樣彈開。

不過也真是見鬼了。周雄偉自己衝上前去，擋在他弟弟面前，威風凜凜的站著。

「那……那是……鬼啊——」

一群人嚇得屁滾尿流，一哄而散。

我要等的就是這一刻。我遲遲不出手，就是要看周雄偉敢不敢挺身保護自己的弟弟。結果他做到了，如果他連自己的弟弟都不敢保護，他直接做烏龜好了。

「大金。」

我向他比了個大拇指。

他弟弟顯然是看到周雄偉的影像，在整個籃球場大叫哥哥。還問我有沒有看到他哥哥，我只得搖頭。

我看周雄偉眼眶有淚，直直看著跑出公園的弟弟，很擔心的說：

「怎麼辦，雄志怎麼辦？他不能有事啊。」

「你放心。看我的。」

我向他比了個向後看的手勢。

「坦克車。」周雄偉驚呼。

「沒錯。」我得意的笑。

我用打發時間書叫出坦克車，準備對準落跑的他們轟下去……

「錢金守，你不要玩得太過分。」

我把坦克車對準前方：「我不是在玩，我是搞真的。」我知道是小歐，他總是在我要出手時跑出來，這次我才不管。

「適可而止。」他一手堵住炮口。

「我在替天行道。」

「我說過，人世間自有法律。」

「那我轟一下總可以吧。」我說。

「不可以。」小歐一字一字說得很硬。「周雄偉已經沒有多少時間，不要浪費在這裡。」

「我只想幫他弟弟，那些人不會放過他弟弟的。」我沒耐性的回他。

「那也不是你能管的，他們需要找的是警察。」

「找警察，找警察，等警察來時，都準備認屍了。」

「錢金守，你不可以！」

「要你管。」我越過他指揮著坦克。

小歐瞬間擋在我之前，揚起右手，掌心有股藍光隱隱而動。

「拜託，不要因為我而打起來。」周雄偉橫擋在我們之間。「我知道你們是為我好。」

公園裡的風很大，我和小歐對峙了一會，吹得我腳底直發冷。眼看僵持下去也不是辦法，我知道小歐已經很忍讓我了。想想算了！不想再跟他吵了。我收回了坦克車隊。

小歐看了我一眼後，問周雄偉：「跟我去圖書館後，你就不能再出來。有沒有想看親人？」

我之前就說過該回去看看。周雄偉在小歐詢問下，這會終於點頭。

醫院的氣場很都很悶，正常人去了都會不舒服。我們三人來到加護病房外，周雄偉的爸爸抱著頭坐在最邊的椅子上流淚。

小歐對著周雄偉說：「醫生已經對你爸爸說你腦部受損嚴重，恐怕不會再醒來。」

周雄偉跪在他爸爸面前，磕了三個頭。「爸爸，我知道你很關心我，只是你太忙，我們一直沒有時間好好說話。對不起，讓您傷心了。」

我捏捏微酸的鼻子，撇過頭去。

周雄偉拜別父親後，我們又來到周雄偉的家。

我假藉周雄偉同學的身分，以還書為由進門。

周雄偉的媽媽雖然哭得憔悴，但仍不掩她能幹的一面。

她帶我進周雄偉房間。我看得出擺設應該都沒動，床上掀一角的被都沒被摺好，彷彿周雄偉還在一樣。

周雄偉的媽媽坐在床邊，撫著棉被，靜靜的垂淚。

第一次遇到這種場面，我真不知如何是好，早知道就不要進來。

我看周雄偉也坐在媽媽的旁邊，頭依偎在媽媽懷裡。

「媽媽也很忙。我知道他很愛我和弟弟。」周雄偉看著我：「大金，可不可以跟我媽說，要她注意雄志。」

「會，我會說。」我回了周雄偉後馬上知道糗了。

果然周雄偉的媽媽疑惑的看著我。我尷尬的笑了笑。「周媽媽，我的意思是，您應該要多注意雄志，不要忽略他了。他一定很徬徨無助。」

周雄偉的媽媽說了聲謝謝。

周雄偉又拉拉我衣角：「大金，跟我媽說日記在床底下的鐵盒裡。」

這次我學乖了，只點頭回應。

「周媽媽，我記得周雄偉每天都寫日記，他有跟我說日記都藏在床鋪底下。」

周雄偉的媽媽馬上趴在床底下摸索。沒多久，真的摸到鐵盒，盒中有本厚厚的日記。

日記裡寫什麼內容，我就沒留下來看。周雄偉說日記裡他記載了每個有關的人、事、物，以及被霸凌的過程，可以讓他們找到害他的人。

一本日記的控訴或許能讓真相浮出台面。但這本日記能幫上什麼忙？我還是搖頭。我沒把心裡的話跟周雄偉說。要靠一本日記定罪，真的很難。就算真的抓起來，都未成年，沒幾年就出來了。

我踢了一顆小石來消消氣。

「石頭沒惹你。」

陰魂不散的鬼差又開口了。

我頭也沒回的說：「要你管。」

「我知道你在想什麼？」

我停住腳步：「你又讀……」

小歐馬上打斷我的話：「先聲明，我沒有。」

「怎麼可能？」我不信。

「信不信隨你。我們沒必要為這種事爭執。」

他就是這種個性。有時想吵也吵不起來。

「懶得理你。」我繼續向前行。

「我知道你會對這個有興趣。」

小歐擱在我前面，給我看一個像米粒般大小的東西。

「這是什麼？」我問。

「周雄偉的一段記憶。」

我眼睛睜亮，精神又來了。「哪一段？」

「最不堪回首的那一段。」

我腦中已閃過一計。

「按照規定，這段記憶要保留在圖書館中。不過……」小歐手一丟，逕自向前走去。

我在下一秒馬上伸手去抓住那米粒大小的東西。

「偶爾也會有遺失的時候。」小歐眼看前方接著說：「尤其是被你這種人大亂一場後。」

說完他就消失在月夜中。

我閉一隻眼瞧著手中的記憶米粒。心笑的愈開。

我不得不謝謝那個冷血鬼差小歐，雖然他常潑我冷水，阻止我的行動，但最後出手相助的卻也是他。

我現在發覺，他是外表冷面，內心善良。

他給我周雄偉的這段記憶太有用。

我將這段記憶植入程式裡。接著再鎖定和周雄偉事件所有有關的人，等大家上線後，我的誘餌放出，釣魚計畫正式展開。

「過關領取寶物，神祕寶物將在開啟後，進入你的夢裡，讓你永生難忘。」

我坐在電腦前，看著寶物一一送出。

入夜後……

同一棟大樓，同一個樓頂，同樣的寒冷天氣，只是主角換了。自由落體的感覺，每夜都重複好幾遍，直到被嚇醒。

這將是最好的懲罰，我不禁大笑好幾聲。

13 珍重再見，朋友！

周雄偉在打發時間圖書館裡有單獨的空間。

他靜靜的看著手中的書。沒有恐懼，沒有徬徨。

時間在這裡似乎靜止。

「謝謝你幫我完成這幾項任務。」

站在我旁邊，雙手放在腰背後的小歐，難得開口謝人。

「誰叫我進去搞得亂七八糟，我這麼做也是在幫我自己。」

小歐點頭笑了一下。「的確是圖書館的災難。」

我和他一起進入最頂層的藏書閣。將打發時間書歸位。

七彩的光芒，讓打發時間書耀眼無比。

此時此刻的心情，雖有如釋重負的輕鬆，但也有一點可惜的哀怨存在。

「說實話，書在眼前，我的手實在很癢。」我打趣的說。

小歐笑著搖頭：「還是請高抬貴手。」

我們兩人相視大笑。

臨去前，我要小歐跟周雄偉轉達說他弟弟現在很平安，那些人自顧不暇，已經無力找他弟的麻煩。

「我會轉達。」

小歐打開時空之門，一個請進的手勢表示我離開的時間已到。

「錢金守，圖書館謝謝你歸還打發時間書。我們知道這是你能力晉升的作業，為不耽誤你的晉升，我代表圖書館送你這把『沉默之鑰』，相信它和打發時間書的價值是一樣。」

沉默之鑰，沉默星球的關鍵之鑰！

傳說沉默星球沉寂的原因全在一把遺失的關鍵之鑰。但沒人知道這關鍵之鑰竟然是……一個瓶子？

「不是一個瓶子。是一個聲音。」

「聲音？」我望著像十元硬幣般大小的瓶子。

「我知道的只有這些。」

「要送給我？」

小歐點點頭。

這沉默之鑰的價值的確與打發時間書同等。有了這把鑰匙，我的晉級作業就沒問題了。

「謝謝。」我伸出手。

小歐也伸出手相握。「保重。」

時空之門漸漸關上。

我沒想到一趟祕境之行，竟然與鬼差成了好朋友。只是不知小歐是否也把我當成好友呢？

「當然，能認識你這個好朋友，是我的榮幸。」

隨著時空之門關上，小歐說的最後一句話也送進來。

他又用讀心術了，真想送他幾句髒話。

但看在相見無期的份上，也不跟他計較了。

再見了，打發時間書。

再見了，打發時間圖書館。

再見了，親愛的朋友。

九歌少兒書房 256

打發時間圖書館

著者	李慧娟
繪者	王淑慧
責任編輯	鍾欣純
創辦人	蔡文甫
發行人	蔡澤玉
出版發行	九歌出版社有限公司 臺北市八德路3段12巷57弄40號 電話／25776564・傳真／25789205 郵政劃撥／0112295-1
九歌文學網	www.chiuko.com.tw
印刷	晨捷印製股份有限公司
法律顧問	龍躍天律師・蕭雄淋律師・董安丹律師
初版	2016年9月
定價	**260元**

書號　0170251
ISBN　978-986-450-083-3
（缺頁、破損或裝訂錯誤，請寄回本公司更換）

國家圖書館出版品預行編目(CIP)資料

打發時間圖書館 / 李慧娟著；王淑慧圖.
-- 初版. -- 臺北市 : 九歌, 2016.09
面；　公分. -- (九歌少兒書房 ; 256)
ISBN 978-986-450-083-3(平裝)

859.6　　　　105013664